闇の閃光

八丁堀剣客同心

鳥羽 亮

時代小説文庫

角川春樹事務所

目次

闇の閃光

八丁堀剣客同心

第一章　闇討ち

1

深川今川町。仙台堀沿いの道は、夜陰につつまれていた。人影はなく、通り沿いの店屋はひっそりと寝静まっている。

月夜だったが、風があるらしく、堀の水面《みなも》にさざ波がたっていた。汀《みぎわ》に寄せた波が石垣にあたり、ちいさな波音をたてている。

五ツ（午後八時）過ぎだった。大工の与助《よすけ》は、ほろ酔い加減で、仙台堀沿いの道を歩いていた。今日、上棟式が終わった後、棟梁《とうりょう》の家で他の大工仲間といっしょに酒をふるまわれたのだ。

与助の住む吉兵衛《よしべえ》店《だな》は、万年町にあった。仙台堀沿いの道を東に歩けば、万年町に出られる。

そのとき、前方に提灯《ちょうちん》の灯《ひ》が見えた。灯はひとつ。ぽつん、と夜陰のなかに浮かび上がっている。提灯の灯は、しだいに近付いてきた。こちらに、向かって歩いてくるらしい。

いっときすると、灯のなかに黒い人影が見えた。まだ遠方で、はっきりしないが四、五人はいるようである。さらに、灯は近付き、下駄の音と男の濁声《だみごえ》なども聞こえてきた。いずれも男らしい。

……飲んだ帰りかな。

与助はそう思った。男たちの声のなかに、下卑た笑い声が聞こえたからである。

提灯を持っている男は、縞柄《しまがら》の小袖を裾高《すそだか》に尻《しり》っ端折《ぱしょ》りしていた。むき出しになった両脛《すね》が、提灯の灯のなかに淡い橙色《だいだいいろ》に浮き上がったように見えていた。

提灯は後ろの男の足元を照らしていた。恰幅《かっぷく》のいい男で、羽織に細縞《ほそじま》の小袖姿だった。海老茶《えびちゃ》の角帯が、提灯に照らされて妙にはっきりと見えた。身装《みなり》は商家の旦那《だんな》ふうだが、歩く姿にくずれた感じがあった。

その恰幅のいい男のすぐ後ろに、総髪の武士の姿が見えた。牢人《ろうにん》であろう。大刀を一本、落とし差しにしている。

……真っ当なやつらじゃァねえ。

と、与助は思った。

与助は堀沿いに身を寄せ、岸際に植えられた柳の樹陰をたどるように歩いた。引き返そうとも思ったが、その道を行かなければ家に帰れないのである。

前方から来る男たちは、四人だった。牢人がひとり、町人が三人である。四人の男は何か話しながら与助に近付いてくる。

提灯の灯が、十間《じっけん》ほどに迫ったろうか。ふいに、別の場所で足音がひびいた。岸際の柳の陰と表店の軒下から黒い人影がいくつも飛び出し、提灯の灯の方へ疾走していく。

樹陰から三人、軒下から三人。月光のなかに黒い人影が浮かび上がった。抜き身を手にした者が三人いた。刀身が月光を反射《はね》て銀色《しろがねいろ》にひかり、夜陰を切り裂くように提灯を持った男たちに迫っていく。

迅《はや》い！

与助の目に、その銀色のひかりが、夜陰に疾《はし》る稲妻のように見えた。

「だれでえ！」

提灯を持った男が叫んだ。

夜陰のなかで、提灯が揺れた。四人のなかで怒号が起こり、黒い人影が交差した。恰幅のいい男を守るように牢人とふたりの町人が動いたらしい。

「おのれ！　闇討《やみう》ちか」

　牢人が、叫びざま抜刀した。

　その牢人に、中背の武士が急迫していく。提灯の灯に浮かび上がった武士は、闇に溶ける装束だった。黒覆面で顔を隠し、茶の小袖に黒のたっつけ袴《ばかま》である。男が二刀を帯びているので、武士と分かる。

　他の五人も闇に溶ける装束に身をつつんでいた。刀を手にした黒覆面の男がふたり、黒布で頬《ほ》っかむりをしているのが三人だった。頬っかむりしているのは町人らしい。手に匕首《あいくち》を持っていた。その匕首が、野獣の牙のようにひかっている。

「親分、逃げてくれ！」

　恰幅のいい男の後ろにいた年配の男が叫んだ。

　そのとき、キーン、という甲高い音がひびき、夜陰に青火が散った。中背の武士の真っ向への斬撃《ざんげき》を牢人が受けたのだ。

　次の瞬間、牢人がよろめいた。武士の斬撃を受けたが、剛剣に押されて、腰がくだけたのである。

　すかさず、中背の武士が二の太刀をふるった。キラッ、と武士の刀身が月光を反射《はね》た瞬間、ギャッ！　という絶叫が上がり、牢人がよろめいた。額から血が飛び散り、夜陰のなかに黒い火花のように飛んだ。

牢人は腰からくずれるように転倒し、地面に仰臥《ぎょうが》して動かなくなった。

怒号と絶叫があがり、男たちの黒い姿が交差し、手にした刀や匕首が夜陰のなかでひかった。

大柄な武士が踏み込みざま、提灯を持った男に斬《き》り込んだ。袈裟《けさ》へ。たたきつけるような斬撃だった。

提灯を持った男が絶叫とともにのけ反り、提灯が足元に落ちた。

ボッ、と提灯が燃え上がった。その炎が闇を払い除《の》け、入り乱れた男たちの姿を照らしだした。

「た、助けてくれ！」

恰幅のいい男が、悲鳴を上げながら逃げていく。親分と呼ばれた男である。

瘦身《そうしん》の武士が八相《はっそう》に構えて、恰幅のいい男の背後に迫る。

タアッ！

鋭い気合を発し、瘦身の武士が袈裟に斬りおろした。

にぶい骨音がし、恰幅のいい男の首がかしいだ。首根から血飛沫《ちしぶき》が、驟雨《しゅうう》のように飛び散った。首の血管《ちくだ》を斬ったのである。

恰幅のいい男は、血を撒《ま》き散らしながらよろめき、何かに爪先をひっかけて、頭から前につっ込むように倒れた。男は地面につっ伏し、喘鳴《ぜんめい》のような細い声を洩《も》らした。四肢が痙攣《けいれん》していたが、すぐに動かなくなり、細い声も聞こえなくなった。絶命したらしい。

燃え上がった提灯の火がしぼむように衰え、夜陰が黒い幕でおおうように横たわった男をつつんでいく。

「ちくしょう！」

年配の男が怒号を上げ、匕首を前に突き出すように構えて痩身の武士につっ込んでいった。

痩身の武士が脇に跳びざま、刀身を横に払った。神速の太刀《たち》捌《さば》きである。

一瞬、年配の男が顎《あご》を突き出すようにして首を後ろにそらせた。次の瞬間、首筋から血が音をたてて奔騰《ほんとう》した。

痩身の武士の切っ先が、男の喉《のど》を横に斬り裂いたのだ。

男は血を噴出させながらよろめき、樹陰で身を顫《ふる》わせていた与助の方に近付いてきた。その背後から、痩身の武士が迫ってくる。

与助は仰天した。激しい恐怖で我を失い、ワアアッ！と、叫び声を上げて、樹陰から飛び出した。

近くにいた別の男が、

「もうひとり、いたぞ！」

と声を上げ、追いかけてきた。

瘦身の武士が疾走し、与助の背後から追ってきた。足も速い。八相に構えた刀身が銀色にひかり、夜陰のなかをすべるように迫ってくる。

与助は必死で逃げた。だが、瘦身の武士の方が速かった。

足音がすぐ背後に迫り、与助が耳元でかすかな刃《は》唸《うな》りの音を聞いた刹那《せつな》、生暖かいものが首筋から噴き上がった。

与助の意識があったのは、そこまでである。

2

「天野《あまの》の旦那、この先でさァ」

永吉《えいきち》が、前方を指差した。永吉は、深川を縄張りにしている老練な岡っ引きである。

そこは、深川今川町の仙台堀沿いの通りだった。永吉に先導され、七、八人の男が仙台堀沿いの道を東にむかって急いでいた。

男たちは、南町奉行所定廻《じょうまわ》り同心の天野玄次郎《げんじろう》と小者の与之助《よのすけ》、それに手先の岡っ引きや下っ引きたちだった。

天野が巡視のために日本橋小網町まで来たとき、路傍で待っていた永吉に、今川町で男が五人も斬り殺されていやす、と報《し》らされ、永代橋を渡って深川へ来たのである。

「あそこだ！」

天野の脇を歩いていた与之助が声を上げた。

見ると、堀際に大勢の人だかりができている。近所の住人に混じって、ぼてふり、風呂敷包みを背負った行商人、半纏《はんてん》を羽織った船頭らしき男なども目立った。通りすがりの者たちだろう。五人の死体は、その人だかりのなかにあるようだ。

天野たちが近付くと、

「八丁堀の旦那だ！」

という声が聞こえ、人だかりが左右に割れた。

町奉行所の同心は、小袖を着流し、羽織の裾を帯に挟む巻き羽織と呼ばれる独特の格好をしているので、すぐにそれと知れるのである。

「こ、これは！」

思わず、天野が声を上げた。

堀際の叢《くさむら》に、ふたりの男が横たわっていた。ひとりは牢人らしい。総髪で、刀を手にしていた。凄絶な死顔である。刃物で額を割られ、顔がどす黒い血に染まり、目玉だけが白く飛び出したように見えた。

……刀で斬られたようだ。

と、天野はみてとった。しかも、牢人は真っ向への一太刀で絶命したようだ。下手人は武士にちがいない。

もうひとりは、恰幅のいい男だった。四十がらみであろうか。顔が大きく、眉の濃い男だった。唐桟《とうざん》の羽織に細縞の小袖、海老茶の角帯姿だった。商家の旦那ふうである。

そのとき、永吉が天野に身を寄せ、

「こいつは、黒江町の泉兵衛《せんべえ》ですぜ」

と、小声で言った。

「なに、泉兵衛か」

天野は泉兵衛のことを知っていた。知っていたといっても、噂を耳にしていただけである。

泉兵衛は、深川黒江町に住むやくざの親分だった。女郎屋のあるじだが、ひそかに賭場《とば》の貸し元もやり、深川界隈《かいわい》では幅を利かせている男とのことである。

……とすると、いっしょに殺された牢人は用心棒か。

牢人が子分とは思えないので、泉兵衛の用心棒であろう。

天野は、他の場所で死んでいる三人にも近付いて検屍《けんし》をおこなった。いずれも町人だった。遊び人ふうの男がふたり、大工か職人と思われる男がひとりである。泉兵衛の子分かもしれない。三人とも刀傷だった。しかも、一太刀で仕留められている。

……腕のたつ武士が、何人かで襲ったようだ。

と、天野はみてとった。

ひとりで、五人の男を斬り殺したとは思えなかった。五人の男たちは、斬られると思えば、逃げるだろう。どんなに腕が立っても、逃げる五人をひとりで斬るのは無理である。

そのとき、天野の背後に走り寄る下駄の音がし、あんた！　と呼ぶ、女の悲痛な声が聞こえた。

見ると、女房らしい女が、堀の岸際に倒れていた大工か職人と思われる男の脇に屈《かが》み込み、悲痛な声で、あんた！　あんた！　と叫んでいる。長屋住まいの女らしい。粗末な着物で、肩口には継ぎ当てがあった。その女の脇に、まだ、十二、三歳と思われる少年が立っていた。蒼《あお》ざめた顔で、足元の死体に目をやり、体を顫わせている。胸に衝《つ》き上げてきた嗚咽《おえつ》を耐えているように見えた。

「あの女は？」

天野が傍《かたわ》らに立っている永吉に訊《き》いた。

「ちょいと、訊いてきやしょう」

永吉は、すぐに女のそばに行き何やら声をかけた。

女は泣き声で答えた後、顔を両手でおおって、嗚咽を洩らした。喉を裂くような細いひびきである。

永吉は天野のそばにもどってくると、

「殺された男の女房のようですぜ。……名はお梅《うめ》。いっしょにいるのは、殺された男の倅《せがれ》の房助《ふさすけ》だそうで」

と、小声で伝えた。

「殺されたのは、大工の与助でさァ」

永吉が言い添えた。

「与助は、泉兵衛と何かかかわりがあったのか」

天野が訊いた。

「はっきりしませんが、たまたま通りかかって殺《や》られたのかもしれやせん。昨日、与助は清住町で棟上げがあり、帰りが遅くなるといって長屋を出たそうで」

「ともかく、下手人をつきとめることだな」

天野は岡っ引きや下っ引きたちを集めると、近所の聞き込みと泉兵衛の身辺を洗うよう指示した。

岡っ引きたちは、すぐにその場から散っていった。

天野は、下手人はすぐに割れるのではないかとみていた。それというのも、泉兵衛たちを襲ったのは、ひとりではなく腕の立つ武士が複数いたとみられたからである。追剝《おいは》ぎや辻斬りの類《たぐい》ではないはずだ。泉兵衛と敵対する勢力か、泉兵衛に強い怨恨《えんこん》を持つ者が金で無頼牢人を雇って襲ったかであろう。いずれにしろ、泉兵衛の身辺を洗えば、出てくるはずである。

それから、小半刻《こはんとき》（三十分）ほどしたとき、戸板や筵《むしろ》などを持った十人ほどの男女が駆け付けた。いずれも、粗末な身装《みなり》の者たちである。長屋の住人であろう。

駆け付けた者たちのなかの初老の男が、天野のそばに来て、

「八丁堀の旦那、与助を引き取りてえんで……」

と、震えを帯びた声で言った。

どうやら、長屋の住人たちが与助の亡骸《なきがら》を引き取りにきたらしい。戸板や筵は死体を運ぶために持ってきたのだろう。

「かまわないが、おまえは？」

天野は、検屍も済んだので、とりあえず番人に指示して死体を近くの番屋に運ばせるつもりだった。ただ、与助は身元もはっきりしているので、引き取らせてもかまわないと思った。

「茂六《しげろく》ともうしやす。与助と同じ、吉兵衛店に住んでいやす」

茂六が身をすくめながら言った。

「ところで、与助だが、どんな男だ」

天野は念のために訊いてみた。

「長屋でも評判の働き者でさァ」

茂六によると、与助は父親を早く亡くしたこともあり、女房のお梅や倅にはよくしていたそうだ。それに、正直者だったという。

……やはり、巻き添えを食ったようだな。

天野は、与助のような男が泉兵衛とかかわりがあったとは思えなかった。それに、与助は大工らしい身装をしていた。棟上げの後どこかで馳走になり、暗くなってからこの場を通りかかって襲撃に巻き込まれたのだろう。

女房のお梅の慟哭《どうこく》がひびいていた。自力で立っていられず、駆け付けた長屋の女房たちに支えられている。その女房の脇に、倅の房助が悲痛な顔をして立っていた。うなだれた肩先が激しく震えている。

3

天野は、小者の与之助を連れて入堀にかかる荒布橋《あらめばし》を渡った。そこは、日本橋小網町である。

「旦那、永吉ですぜ」

与之助が前方を指差して言った。

見ると、日本橋川の岸近くに植えられた柳の樹陰に永吉と下っ引きの豊助《とよすけ》の姿があった。ふたりは、巡視のために通る道筋で天野を待っていたようだ。

天野はふたりに近付くと、

「何か知れたか」

と、訊いた。天野は、永吉が探ったことを報《し》らせに来たのだろうと思ったのだ。

泉兵衛たちと与助が殺されて五日経《た》っていた。この間、永吉をはじめ何人もの岡っ引きが深川に入って、泉兵衛の身辺を探っていた。

「へい」

「歩きながら、聞くか」

路傍に立っていると人目を引く。天野は日本橋川沿いの道を川下にむかって歩きだした。永吉が、すぐ後ろを跟《つ》いてくる。

「与助の他の四人は、泉兵衛とその手先のようですぜ」

永吉によると、殺されたのは泉兵衛、手下で右腕の源次郎《げんじろう》、子分の助作《すけさく》、それに牢人は大久保峰助《おおくぼみねすけ》だそうである。

「大久保も、泉兵衛の手下だったのか」

「手下というより、用心棒のようでさァ」

「そうだろうな。……ところで、泉兵衛たちだが、どこかで飲んだ帰りだったのか」

天野が訊いた。

「それが、旦那、賭場からの帰《けえ》りだったようでさァ」

「賭場からの帰りだと」

「へい、永堀町に泉兵衛の賭場がありやしてね。泉兵衛は集まった客たちに挨拶した後、帰る途中だったようで」

永堀町は今川町の隣町で、仙台堀沿いにひろがっている。

永吉によると、泉兵衛の情婦《いろ》の料理屋が佐賀町にあり、そこへ帰る途中で襲われたらしいという。

そんなやり取りをしながら、天野たちは小網町二丁目まで来た。その先は、行徳河岸である。

行徳河岸を過ぎて、永代橋を渡れば深川だった。天野は永吉の話によっては、深川まで足を延ばしてもいいと思っていた。

「それで、泉兵衛たちを襲った下手人の目星はついたのか」

天野が声をあらためて訊いた。

「それが、旦那、あやしいやつは浮かびやしたが、はっきりしたことは分からねえんで」

「あやしいやつとは？」

「般若《はんにゃ》の亀蔵《かめぞう》でァ」

般若の亀蔵は、深川富ケ岡八幡宮界隈で顔を利かせている男で、賭場の貸し元をしているという噂もある。なお、背中に般若の入墨《いれずみ》があることから、般若の亀蔵と呼ばれているそうだ。

「亀蔵と泉兵衛が、深川の縄張りをめぐって揉《も》めていたらしいんでさァ」

「それで」

「亀蔵が、泉兵衛の賭場からの帰りを狙って襲ったとみやしたが、亀蔵の居所はまったく分からねえんで……。それに、亀蔵はちかごろ情婦のところに入り浸りで、滅多に外に出ねえようでさァ」

深川黒江町は、富ケ岡八幡宮の門前通りにひろがる町である。

「亀蔵は闇討ちにくわわらなかったが、手下たちがやったとも考えられる」

やくざの喧嘩《でいり》ではなく、闇討ちである。親分が手を下すより、子分に命じて殺させる方が多いのではないか、と天野は思った。

「そうかもしれねえ……」

永吉は語尾を濁した。

「もうすこし、亀蔵を洗ってみろ」

天野は、亀蔵が何かかかわっているはずだと思った。

「承知しやした」

「それに、泉兵衛たちや与助を斬ったのは武士だ。それも、ひとりではなく、何人かいたはずだ。五人も斬ったのだからな。そいつらのことも、聞き込んでみろ」

天野は、亀蔵の身辺にそれらしい武士がいるのではないかとみたのだ。

「へい」

永吉が答えた。

そんな話をしながら、天野たちは永代橋を渡った。そこは、深川佐賀町である。

天野は橋を渡り終えたところで、

「永吉、泉兵衛の情婦の料理屋は、佐賀町だと言ったな」

と、訊いた。さきほど、永吉が口にしたのを思い出したのである。

「そうでさァ」

「ここから遠いのか」

「上ノ橋の近くで」

上ノ橋は仙台堀にかかる橋である。それほど遠くはない。それに、泉兵衛たちが殺された現場へもすぐである。

「行ってみるか」

「案内しやすぜ」

永吉が先にたって歩きだした。

天野たちは大川端を川上にむかって歩いた。おだやかな晴天のせいもあるのか、大川端はいつもより人通りが多かった。ぼてふり、職人ふうの男、町娘、行李《こうり》を背負った行商人などが行《ゆ》き交《か》っている。

前方に上ノ橋が見えてきたとき、永吉が足をとめ、

「あの船宿の先の店でさァ」

と、前方を指差しながら言った。

一町ほど前方に船宿があった。店の脇に桟橋があり、何艘かの猪牙舟《ちょきぶね》が舫《もや》ってある。船宿専用の桟橋らしい。その船宿の先に、料理屋らしい二階建ての店があった。二階は座敷になっているようだ。

天野たちは、料理屋の前まで行ってみた。格子戸はしまり、店先に暖簾《のれん》が出ていなかった。店はひらいてないらしい。

「泉兵衛が殺られてから、店はしまったままでさァ」

永吉によると、泉兵衛の情婦の名はおしげで、店の女将《おかみ》をしていたという。そのおしげの行方も知れないそうだ。

そのとき、永吉の手先の豊助が、

「冬木町の親分ですぜ」

川上の方を指差して言った。

見ると、見覚えのある男が、小走りに近付いてくる。深川冬木町に住む岡っ引きの利根造《とねぞう》だった。利根造は、天野と同じ南町奉行所、定廻り同心の横山安之助《よこやまやすのすけ》から手札をもらっている男である。眉が濃く、頤《おとがい》の張ったいかめしい顔付きをしていた。

「天野の旦那、お調べですかい」

利根造が、腰をかがめて近付いてきた。

「近くに来たので、泉兵衛の塒《ねぐら》だった店を見ておこうと思ってな。……利根造、どうだ、何か知れたか」

天野は利根造が、泉兵衛の身辺を執拗《しつよう》に探っていることを知っていた。冬木町に住む利根造にとって、泉兵衛や与助殺しは己の縄張内《しまうち》で起こった事件《やま》である。

「それが、まだ、何も……。ところで、旦那、おしげなら黒木町の長屋にいやすぜ。あっしは、おしげに会って話を聞いてみたんでさァ。おしげは、下手人のことを何も知らねえようですぜ」

利根造が、小声で言った。

「手が早いな。何かつかんだら、おれにも知らせてくれ」

そう言ったが、利根造は天野に話すより先に横山に話すはずだった。横山から手札をもらっているのだから当然である。おしげのことを天野に話したのも、探索には何の役にもたたないとみたからであろう。

「せっかく来たのだ。もう一度、泉兵衛が殺された今川町に行ってみるか」

そう言い置いて、天野はその場を離れた。

利根造は、ちいさく頭を下げて天野を見送った。まさか、それが利根造の見納めになるとは、天野は思ってもみなかった。

4

天野が小者の与之助を連れて八丁堀の組屋敷を出ると、通りの先から走ってくる男の姿が見えた。

「旦那、豊助ですぜ」

永吉が使っている下っ引きである。何かあったらしく、顔を紅潮させ、肩で息をしながら走ってくる。

「豊助、どうした」

天野は路傍に足をとめて訊いた。

「ふ、冬木町の親分が……」

豊助が顔をこわばらせ、荒い息を吐きながら言った。

冬木町の親分と呼ばれているのは、利根造である。

「利根造がどうした」

「や、殺られちまったんで……。あっしの親分に、すぐに旦那に知らせろと言われ、走ってきたんでさァ」

どうやら、豊助は永吉に言われて来たらしい。

「それで、永吉は？」

「親分は、近くで聞き込んでいやす」

「場所はどこだ」

「小網町の鎧《よろい》ノ渡し近くで……」

近い。八丁堀からすぐである。鎧ノ渡しは、日本橋川にある小網町と八丁堀の南茅場町を結ぶ渡し場である。

「よし、いくぞ」

天野は、奉行所に出仕する前に小網町へ行こうと思った。おそらく、横山のところにも報《し》らせが走り、いまごろ横山は小網町にむかっているだろう。

天野は日本橋川にかかる江戸橋を渡って日本橋へ出ると、日本橋川沿いの道を通って小網町にむかった。

日本橋川沿いの道は人通りが多かった。日本橋に魚河岸や米河岸があるせいもあって、盤台をかついだぼてふり、印半纏《しるしばんてん》姿の船頭、大八車で米俵を運ぶ人足などの姿が目についた。

天野たちが小網町二丁目に入って間もなく、

「旦那、あそこで」

と、豊助が声を上げた。

見ると、日本橋川沿いに大勢の人垣ができていた。通りすがりのぼてふりや船頭などに混じって、岡っ引きや下っ引きの姿もあった。利根造が殺されたと聞いて、集まったのであろう。

横山の姿もあった。黄八丈《きはちじょう》の小袖を着流し、巻き羽織の格好だった。思ったとおり、奉行所へ出仕前に駆け付けたらしい。

天野が人垣に近付くと、八丁堀の旦那だ、天野さまだ、などという声が起こり、人垣が割れて道をあけた。岡っ引きたちだけでなく、天野の顔を知っている者も多いようだ。八丁堀が近いせいであろう。

「天野、ここだ」

横山が手を上げた。歳《とし》は三十代半ば。面長《おもなが》で鼻梁《びりょう》が高く、目が細い。神経質そうな顔をしている。天野よりは歳上で、定廻り同心のなかでは古株である。

「ともかく、死骸《ほとけ》を拝んでみろ」

横山が足元に視線をむけて言った。

利根造の死体は、横山の足元近くの叢《くさむら》に横たわっていた。そこは、日本橋川の岸近くで、丈の低い雑草におおわれていた。

……これは！

思わず、天野は息を呑んだ。

利根造は仰向《あおむ》けに倒れていた。凄惨《せいさん》な死顔である。額が柘榴《ざくろ》のように割れ、顔がどす黒い血に染まっている。見開かれたふたつの目が、黒ずんだ血のなかに白く浮き上がったように見えた。今川町で見た牢人の死顔とよく似ている。

「今川町の殺しと同じ手だ」

天野が、横山に今川町で斬られていた牢人の刀傷のことを話した。

「利根造が下手人のことで何かつかみ、始末されたのかもしれねえな」

横山が昂《たかぶ》った声で言った。顔がこわばり、こめかみがピクピクと震えている。だいぶ、苛立《いらだ》っているようだ。

「利根造が使っていた下っ引きに訊けば、様子が知れるのではないかな」

　天野が言った。

　すぐに、横山がまわりに集まっていた岡っ引きや下っ引きたちを見まわし、

「新吉《しんきち》はいねえか」

　と、声を上げた。

「へ、へい……」

　と答え、十七、八と思われる丸顔の男が、横山の前に出てきた。下っ引きの新吉である。目が丸く、小鼻が張っていた。まだ、少年を思わせるような顔付きである。

　新吉は顔が蒼ざめ、肩先が小刻みに震えていた。親分が斬り殺されたことで狼狽《ろうばい》し、とり乱しているようだ。

「新吉、おめえなら知っているだろう。利根造が何を探っていたか、話してみろい」

　横山が伝法《でんぽう》な物言いをした。八丁堀の同心のなかでも定廻りや臨時廻りの者は、市中の遊び人や地まわりなどと接する機会が多く、物言いが伝法になる。とくに、年季の入った同心はそうだった。

「お、親分は、今川町で何人も殺された事件《やま》を探っていやした」

　新吉が小声で言った。

「それは、分かっている。何を探っていたか、訊いてるんだ」

横山の声に、なじるようなひびきがくわわった。

「ここ三日ばかり、親分は般若の亀蔵を探るといって深川を歩いていやした」

新吉が首をすくめて言った。さらに、体の顫えが激しくなったようである。

「般若の亀蔵か」

横山がつぶやくと、

「亀蔵は、殺された泉兵衛と縄張りを争ってた男だ」

天野が言い添えた。

すると、横山は集まっていた岡っ引きたちを集め、

「利根造が殺され、下手人が挙げられねえようじゃァ、おめえたちも笑い者だぜ。……般若の亀蔵を洗ってみろ。利根造殺しの下手人がみえてくるはずだ」

と、叱咤《しった》するような声で言った。

集まった岡っ引きたちは、黙したまま横山を見つめていた。その顔に、恐怖と狼狽の色がある。胸の底に、下手《へた》に動くと利根造と同じ目に遭うのではないかという怯《おび》えがあるのだろう。

「ともかく、近所で聞き込んでみろ」

横山が、行け！　と声を上げると、集まっていた岡っ引きや下っ引きたちが、その

場を離れた。

「待て、新吉」

天野が、踵《きびす》を返して歩きかけた新吉を呼びとめた。

新吉は足をとめ、天野のそばに身を寄せた。

「利根造は、ここで襲われたらしいが、昨夜、どこへ行くつもりだったのだ」

天野が訊いた。

「へい、親分は、八丁堀の旦那に探ったことを知らせてくると言って深川を出やした」

八丁堀の旦那とは、手札をもらっている横山のことであろう。

「そうか。おまえは、利根造が何をつかんだのか知っているのか」

おそらく、利根造は下手人につながる何かをつかみ、それを知らせるために深川から八丁堀にむかったのである。そして、小網町まで来たときに襲われたのだろう。

「親分は、一筋縄じゃァいかねえやつらだ、ともかく、旦那の耳に入れてくる、と言って、深川を出たんでさァ……」

新吉は語尾を濁した。利根造から、くわしい話は聞いてないようだ。

「新吉、行っていいぞ」

天野が言うと、新吉はひとつ頭を下げてから、その場を離れていった。

天野は遠ざかっていく新吉の背を見ながら、

……一筋縄じゃァいかねえやつらか。……このままじゃァすまないかもしれないな。

天野は、これからも町方の命が狙われるのではないかという危惧《きぐ》を覚えた。

天野の危惧は杞憂《きゆう》ではなかった。利根造が斬殺された三日後、今度は横山が襲われたのである。


その日の夕方、南町奉行所からの帰りに、横山は小者の市助《いちすけ》を連れて八丁堀沿いの道を歩いていた。すると、堀沿いの桜の樹陰から覆面で顔を隠した三人の男が飛び出し、横山に襲いかかった。

襲いかかった三人は、覆面をしていたので顔は分からなかったが、いずれも武士だった。小袖に袴姿で、刀を差していたのだ。大刀を一本落とし差しにしていた者もいたので、ひとりは牢人かもしれない。

三人は横山と市助に三方から迫り、間合がせばまると、いきなり中背の男が斬り込んできた。刀を落とし差しにした男である。

低い上段の構えから、真っ向へ。薄闇のなかで閃光《せんこう》が稲妻のようにはしった。

咄嗟《とっさ》に横山は、敵の真っ向への斬撃を頭上で受けたが、腰がくだけてよろめき、二の太刀を肩先に受けた。二の太刀も、真っ向へ斬り込んできたのだが、咄嗟に体を倒したため肩口を斬られたのである。

一方、市助は別の男に斬られて斃《たお》れた。肩から胸部まで斬り下げられ、その場で落命したのである。

横山は後ろによろめき、桜の幹に背をあずけて踏みとどまった。そこへ、中背の男が間合をつめてきた。

……もはや、これまで！

横山が覚悟を決めたとき、馬蹄の音が聞こえ、七人の供を連れた与力、浅野《あさの》七郎《しちろう》が通りかかった。八丁堀には、同心の組屋敷だけでなく、与力の屋敷もあった。浅野は南町奉行所の風烈廻り与力で、横山の顔を知っていた。

「曲者《くせもの》を捕らえろ！」

浅野が声を上げると、従者たちがいっせいに抜刀し、三人の武士に駆け寄った。

これを見た中背の武士が、

「引け！」

と、声を上げ、その場から逃走した。他のふたりも、きびすを返して駆けだした。

横山は浅野に助けられたが、しばらく出仕できないほどの深手であった。

5

「いい日和《ひより》でございますねえ」

おたえが、目を細めて言った。

縁側にやわらかな朝日があたり、新緑をつけた庭の樹陰のなかを渡ってきた微風《そよかぜ》がさわやかだった。

「そうだな」

長月隼人《ながつきはやと》が、欠伸《あくび》をかみ殺しながら言った。

隼人は南町奉行所、隠密廻り同心だった。出仕前、組屋敷の縁側で髪結いの登太《とうた》に髪をあたらせていたのだ。

「旦那さま、そろそろ御番所（奉行所）に出仕なさいませんと」

おたえが、お支度しますから、と言って、立ち上がった。縁側のつづきにある居間に、羽織を乱れ箱に入れて持ってくるのであろう。

町奉行所、同心の出仕は五ツ（午前八時）と決まっていた。陽の高さからみて、そろそろ五ツになる。

おたえが縁側から去ると、

「旦那、横山さまが斬られたのを知ってやすか」

登太が、櫛《くし》で鬢《びん》をととのえながら訊いた。

「むろん、知っている」

隼人は天野からも聞いていたし、奉行所内でも大変な騒ぎだった。同心や与力たちが顔を合わせると、まずそのことが話題になったのである。無理もない。町方同心が襲われるなど、滅多にないことだったのだ。

「町中、この噂でもちっきりでさァ。……八丁堀の旦那の他に、ふたりも殺られていやすからね」

これまでに、殺された町方にかかわりのある者は、岡っ引きの利根造と小者の市助である。

「うむ……」

隼人は、横山が襲撃されたことに驚いたが、それにくわえて襲った者たちにただならぬ執拗さを感じた。

……探索の手を逃れるために、そこまでする必要はあるまい。

と、隼人は思ったのである。

岡っ引きに身辺を探られ、その口を封じるためにひそかに始末したことまではうなずける。だが、八丁堀同心まで襲う必要はないはずだ。そんなことをすれば、町方のすべてを敵にまわしてしまう。

……奥が深そうだ。

と、隼人は思ったが、それ以上のことは何も分からなかった。

「旦那、終わりやしたよ」

登太が、隼人の肩にかけた手ぬぐいをはずしながら言った。

「さァ、出かけるか」

隼人は、立ち上がると大きく伸びをした。

縁側から居間にもどると、おたえが待っていた。

「旦那さま、今日は早く帰っていただけますか」

おたえが、隼人の後ろから黒羽織を肩にかけながら訊いた。声に甘えるようなひびきがある。

おたえの歳は二十一。長月家に嫁に来て、三年経つ。まだ、子供がいないせいか、新妻らしさを残していた。

「何かあるのか」

隼人が羽織の袖に腕を通しながら訊いた。

「早くお帰りなら、お酒を用意しようかと思って……」

おたえが上目遣《うわめづか》いに隼人を見ながら言った。ふっくらした色白の頬《ほお》が朱を刷《は》いたように染まっている。

隼人はおたえの耳元に手をやり、

「早く帰ってこよう。……一杯やった後でな」

そうささやいて、おたえの尻をスルリと撫《な》でた。

「まァ、嫌なひと」

おたえの顔がポッと赤くなった。口ではそう言ったが、肩先を隼人の腕に付けるように身を寄せた。

……だが、今日は、そんな浮いた気分にはなれねえかもしれねえ。

隼人が胸の内でつぶやいた。

横山が襲われた件で、奉行から何か指図があるような気がしたのである。

隠密廻り同心は、奉行から直接指図を受け、その名のとおり隠密裡に事件の探索にあたっていたのである。

南町奉行は筒井紀伊守政憲《つついきいのかみまさのり》だった。隼人は、筒井から直接指図されて動くことが多かった。

戸口に立つと、おたえが隼人に刀を差し出した。隼人の刀は、兼定《かねさだ》だった。刀身が二尺三寸七分、身幅の広い剛刀で、切れ味の鋭い大業物《おおわざもの》だった。奉行所同心は、通常刃引きした長脇差を腰に帯びることが多かった。下手人を斬らないで手捕りにするのが、同心の本来の役目だったからである。

ただ、隼人は相手が武士で歯向かってきたとき、刃引きの長脇差では後れをとるとみていた。それに、斬らずに捕らえたいときは、峰打ちにすればいいのである。

戸口で庄助《しょうすけ》が待っていた。歳は三十がらみ、長く隼人に仕える小者である。

「庄助、行くか」

「へい」

庄助はいつものように挟み箱をかついで跟《つ》いてきた。

その日、隼人が南町奉行所の同心詰所で茶を飲んでいると、中山次左衛門《なかやまじざえもん》が姿を見せた。中山は、奉行の筒井に長年仕えている家士である。中山は奉行の命で隼人を呼びにくることが多かった。

中山は、すでに還暦を過ぎた老齢で鬢《びん》や髷《まげ》は真っ白だったが、矍鑠《かくしゃく》として老いは感じさせなかった。

「長月どの、お奉行がお呼びでござる」

中山は隼人の顔を見るなり、慇懃《いんぎん》な口調で言った。

「いつもの役宅でござるか」

筒井は、隼人に探索を命ずるとき、役宅に呼び出すことが多かった。役宅は奉行所の裏手にある。

「いかにも。お奉行は、いそがしい身であられる。すぐに、それがしと同行していただきたい」

月番の奉行は八ツ（午後二時）過ぎに下城し、その後御白洲《おしらす》に出て咎人《とがにん》の吟味にあたることが多かった。筒井は御白洲に出る前に、隼人に会うつもりなのであろう。

中山が案内したのは、役宅の中庭に面した座敷だった。隼人が筒井と会うとき、いつも使われる座敷である。

隼人が座敷に端座していっとき待つと、廊下をせわしそうに歩く足音がして障子《しょうじ》があいた。筒井である。

筒井は対座すると、隼人が挨拶を口をしようとするのを、

「挨拶はよい」

と言って、制し、

「横山が襲われたことは、知っているな」

すぐに、用件を切り出した。

筒井は壮年だった。身辺に奉行らしい威風と落ち着きがあった。隼人にむけられた双眸《そうぼう》には、能吏らしい鋭いひかりが宿っている。

「承知しております」

「ならば、話は早い。……横山の他にも、ふたり斬り殺されたそうだな」

筒井は、岡っ引きとも手先とも言わなかった。本来、奉行所同心が岡っ引きを手先として使うことは認められていなかったのである。

「はい」

「坂東《ばんどう》から様子を聞いたのだが、まだ下手人の目星もついていないというではないか」

坂東繁太郎《しげたろう》は筒井の内与力だった。筒井は、坂東から奉行所内のことや事件の探索の様子などを聞くことが多かった。

「いかさま」

「市中では、此度《こたび》の件を噂しているであろうな」

「…………」

隼人は黙したままうなずいた。当然、市中に噂はひろまっているはずである。

「このままでは、南町奉行所《みなみ》の顔が立たぬ。いや、奉行所だけではない。お上のご威光にもかかわる由々しき事態だ」

筒井の顔に、憂慮の翳《かげ》が浮いていた。

筒井はいっとき虚空に視線をとめて黙考していたが、隼人に顔をむけると、

「長月、すぐに探索にかかれ」

と、声をあらためて命じた。

「心得ました」

隼人はちいさく頭を下げた。探索を命じられることは、中山が迎えにきたときから分かっていたのである。

「長月、手にあまらば、刀を遣ってもかまわんぞ」

筒井が低い声で言った。

筒井は、隼人に探索を命ずるとき、刀を遣ってもよいと言い添えることが多かった。

筒井は、隼人が直心影流《じきしんかげりゅう》の遣い手であることを知っていたのである。

これまで、隼人は兼定をふるって、腕のたつ無頼牢人や抵抗する凶悪な下手人など

を斬ってきた。そうしたこともあって、隼人は江戸市中の無宿者、兇状持《きょうじょうも》ち、無頼牢人、地まわりなどから、八丁堀の鬼、鬼隼人などと呼ばれて恐れられていたのである。

「ありがたき仰《おお》せにございます」

隼人はふたたび低頭した。筒井は、隼人のことを思って、刀を遣ってもよいと言ってくれたのである。

6

その日、隼人は八丁堀にもどると、天野の住む組屋敷に足を運んだ。当初から、天野が今度の事件にかかわっていたことを知っていたので、まず天野に訊いてみようと思ったのである。

それに、隼人は天野と昵懇《じっこん》だった。お互いの組屋敷が近かったし、これまで隼人は多くの事件で天野と力を合わせて探索に当たってきた。隼人は何度も天野の危機を救っていたし、隼人もまた天野に助けられていたのだ。

まだ、暮れ六ツ（午後六時）前だったが、曇天《どんてん》のせいか、八丁堀の町筋は夕暮れ時のように薄暗かった。

隼人は急いだ。天野家の夕餉《ゆうげ》のときに顔を出したくなかったからだ。

天野の屋敷の戸口に立つと、家のなかからかすかに話し声が聞こえてきた。若い男と女の声である。天野の弟の金之丞《きんのじょう》と母親の貞江《さだえ》らしい。何を話しているかは、聞き取れなかった。

「だれか、おられますか」

隼人は家のなかにむかって声をかけた。

すると、話し声がやみ、ふたりの足音が聞こえて、金之丞と貞江がそろって顔を出した。

「長月さま、お久し振りでございます」

金之丞が、声を上げた。

金之丞は二十歳。神田高砂町にある直心影流の町道場に通っていた。隼人が直心影流の遣い手であることを知っていて、隼人のことを兄弟子のように思って敬っている。

「長月さま、お上がりになってくださいまし。いま、茶を淹《い》れましょう。さァ、どうぞ、どうぞ」

貞江が隼人の手をとらんばかりにして、家に上がるよう勧めた。

天野家の者は、そろって話好きでお節介焼きだった。人はいいのだが、おしゃべりに辟易《へきえき》させられることもある。

「い、いえ、天野に伝えたいことがありまして……。天野は、家にいますか」

隼人が訊いた。いなければ、出直そうと思った。下手に家に上がったら、簡単には帰れなくなる。それこそ、夕餉までいっしょに食べることになるかもしれない。

「兄は、まだですが、すぐに帰るはずです。それまで、お上がりになってください」

金之丞が言った。

「いや、出直しましょう」

そう言って、隼人が踵を返そうとしたとき、戸口に近付く足音が聞こえた。姿を見せたのは天野である。天野は、小者の与之助を連れていた。巡視の帰りであろうか。

「な、長月さん、何か」

天野が驚いたような顔をして訊いた。戸口に隼人が立っていたからである。

「いや、おりいって話があってな。……どうだ、歩きながら話さんか」

隼人が天野に身を寄せて小声で言った。

「分かりました」

天野は上がり框《かまち》のそばにいる金之丞と貞江に、

「長月さんから、内密な話があるそうだ。……すぐもどる」

そう言い置いて、隼人の背を押すようにして戸口から出た。

屋敷の外は、夕闇に染まっていた。同心の組屋敷の並ぶ道筋に、淡い灯《ひ》が洩れている。行灯《あんどん》に火を入れた家もあるようだ。

隼人と天野は組屋敷の並ぶ町筋を通り抜け、亀島河岸に出た。河岸通りは夕闇につつまれ、人影もなかった。亀島川の水面が黒ずんで見えた。亀島川は日本橋川につづいていることもあり、日中は荷を積んだ猪牙舟や艀《はしけ》などが頻繁に行き来しているのだが、いまは船影もなく、汀に寄せる波音だけが聞こえていた。

「長月さん、どんな話ですか」

川沿いの道を歩きながら、天野が訊いた。

天野の隼人に対する言葉遣いは丁寧だった。年上ということもあったが、隼人が剣の遣い手であり、しかもこれまで多くの事件を解決してきたので、町方同心としても隼人を尊敬していたのである。

「今日、お奉行に探索を命じられたのだ」

隼人が言った。

「横山さんが襲われた件ですか」

天野が足をとめて訊いた。

「そうだ。……ともかく、天野に話を聞いてみるのが先だと思ってな」

「分かりました。これまでの経緯をお話しします」

天野はそう切り出し、今川町で泉兵衛たちが殺されたこと、大工の与助が巻き添えを食ったこと、そして般若の亀蔵を探索していた利根造が殺され、つづいて横山が襲われたことなどをかいつまんで話した。

「般若の亀蔵か」

隼人は亀蔵を知っていた。ただ、深川界隈で顔を利かせている親分ということだけで、顔を見たこともなかった。

「だれでも、亀蔵と泉兵衛の縄張り争いだとみますからね」

天野が言い添えた。

「そうだろうな」

「利根造も横山さんも、亀蔵を洗っていたようですが、こんなことに……」

天野が足元に視線を落として小声で言った。

「それで、下手人らしいのがみえてきたのか」

隼人が訊いた。当然、天野も手先を使って亀蔵を探っているはずである。

「それが、亀蔵の塒も分からないし、横山さんを襲ったと思われる三人の武士の正体も知れないのです」

　天野が渋い顔をして言った。

「亀蔵の塒も知れないのか」

　土地の親分なら所在ぐらいはすぐにつかめるものである。

「まだです。亀蔵の賭場は、なんとかつかみましてね。連日、手先を張り込ませてるんですが、亀蔵もそれらしい三人の武士も、まったく姿を見せません」

「うむ……」

「それに、気になることがありましてね」

「なんだ、気になるとは？」

　天野が足をとめ、隼人に顔をむけた。

「横山さんが襲われたことです。……亀蔵を探っていた利根造が狙われたのは、分からないではありませんが、なぜ横山さんが狙われたんでしょうか。やくざの、縄張り争いとはいえ、通りすがりの大工も殺されてますし、町方同心が探索に乗り出し、泉兵衛と敵対していた亀蔵が探られるのは当然のことです。そのくらいのことは、亀蔵も端《はな》から分かっていたはずです」

「そうだな」

隼人も天野と同じことを思っていた。

「それで、横山さんが襲われたことが腑に落ちないのです。探索を恐れて襲ったのなら、横山さんだけでなく、このわたしも他の定廻りの者も同じように命を狙われなければならなくなります。そんなことをすれば、下手人は探索にかかわる同心だけでなく、南北の御番所を敵にまわすことになりますよ」

天野が腑に落ちないような顔をした。

「天野の言うとおりだが、横山さんには、何か狙われる理由があったのかもしれんぞ」

「それが、亀蔵を探索していた他に思いあたることはないそうですよ」

天野が、それとなく横山に訊いてみたことを言い添えた。

「妙だな」

隼人も、腑に落ちないものを感じた。

「他にも、気になることがありましてね」

天野が亀島川の川面《かわも》に目をやって言った。

辺りはだいぶ暗くなっていた。川面は黒ずみ、無数の波を刻んで揺れている。川沿いの道は人影はなく、汀《みぎわ》に寄せるさざ波の音が隼人たちふたりの足元から絶え間なく聞こえていた。

「何が気になる」

「手先たちの動きです。利根造が殺され、さらに横山さんが襲われたおりに市助が殺された。そのことで、手先たちが怖がってましてね。亀蔵の探索に二の足を踏んでいるようなんです」

「うむ……」

当然、岡っ引きや下っ引きは、亀蔵を探れば自分も殺されるのではないかと恐れ、探索に二の足を踏むだろう。

「亀蔵は、岡っ引きたちに身辺を探らせないようにするために利根造を殺し、横山さんを襲ったんでしょうかね」

「それもあるかもしれんが、それだけではないだろう」

隼人は、利根造はともかく、町方の探索から逃れるためだけで横山を襲ったとは思えなかった。それに、果たして亀蔵が事件の首謀者なのかもまだはっきりしないのだ。

……まだ、見えてないものがあるようだ。

と、隼人は思った。

「天野、油断するなよ。おまえも、襲われるかもしれんぞ」

隼人が天野に目をむけて言った。

「油断はしません。……長月さんも、気をつけてください」

「おれのことは、まだ、亀蔵も知るまい」

隼人が低い声で言った。

7

隼人は天野と会った翌日、午後になって南町奉行所を出ると、神田紺屋町《こんやちよう》に足をむけた。豆菊《まめぎく》という小料理屋に行くつもりだった。

隼人は八丁堀ふうでなく、小袖に袴姿だった。軽格の御家人といった感じである。八丁堀ふうの格好では、人目を引き事件の探索にきたことを相手に教えてやるようなものである。

隠密同心は事件によっては、牢人、雲水《うんすい》、虚無僧《こむそう》などに変装して探ることもあったので、屋敷には一通り変装用の衣類や笠類などが用意してあった。

豆菊は八吉《やきち》とおとよという夫婦でやっている小体《こてい》な店である。八吉は「鉤縄《かぎなわ》の八吉」と呼ばれた腕利きの岡っ引きだったが、老齢を理由に足を洗い、隼人からもらっていた手札を返して女房のやっていた小料理屋を手伝うようになったのだ。

鉤縄は、細引の先に熊手のような鉄製の鉤をつけた捕具である。その鉤を下手人に投げつけ、着物にひっ掛けて引き寄せ、捕縛するのである。いざとなれば、鉤を相手の顔面や胸部に投げ付けて、敵を斃すこともできる。八吉は、鉤縄の名手だった。

八吉は足を洗った後、養子にむかえた利助《りすけ》という男に岡っ引きを継がせた。その利助が、隼人の手先である。

隼人は利助に探索を指示するつもりで来たのだが、その前に八吉に亀蔵のことを訊いてみようと思ったのだ。八吉は、神田、浅草、深川などのやくざの親分や地まわりなどにくわしかったのである。

豆菊は、飲み屋、そば屋、一膳めし屋などのつづく路地にあった。

豆菊の店先に暖簾が出ていたが、まだ客はいないのか、店のなかは静かだった。

暖簾をくぐると、店のなかに人影はなく、奥の板場で水を使う音がした。

「だれか、いないか」

隼人が奥に声をかけると、すぐに下駄の音がし、おとよが慌てた様子で出てきた。

客が来たと思ったようだ。

「あら、旦那、いらっしゃい」

おとよは隼人を目にすると、満面に笑みを浮かべた。

おとよは四十女、樽《たる》のようにでっぷり太っている。頬がふくれ、目が糸のように細く、くずれたお多福のような顔をしている。どう贔屓目《ひいきめ》に見ても美人とは言いがたいが、八吉によると、若いころは色白のぽっちゃりした美人で、おとよ目当てに飲みに来る客も多かったそうだ。

隼人は腰に帯びた兼定を鞘《さや》ごと抜くと、追い込みの座敷の框に腰を下ろし、

「八吉か、利助はいるかな」

と、訊いた。

「うちの旦那がいますから、呼びますよ」

そう言い残し、おとよは板場にもどった。

待つまでもなく、八吉が姿をあらわした。前だれをかけ、手ぬぐいを肩先にひっかけていた。いかにも、小料理屋の親爺《おやじ》といった格好である。

八吉は小柄で猪首《いくび》、ギョロリとした目をしていた。岡っ引きだったころは、腕利きの岡っ引きらしい凄《すご》みのある顔をしていたが、いまは穏やかな顔付きで、鬢や髷も白くなり、笑って目を細めると好々爺《こうこうや》のようである。

「旦那、お久し振りで」

八吉が笑みを浮かべて言った。

「利助は、出かけているのか」

「へい、朝から深川へ出かけていやす」

そう言って、八吉は隼人の脇に腰を下ろした。

「深川だと。……今川町で泉兵衛たちが殺された事件を探っているのか」

「へい、旦那に指図されてから動くようじゃァ、遅すぎると言いやしてね。綾次《あやじ》を連れて、出かけたんでさァ」

綾次は、利助が使っている下っ引きである。

「そうか。……いや、その件で来たのだがな」

隼人は、危惧《きぐ》を覚えた。亀蔵の縄張りの深川で派手に動きまわるのは、あぶないと思ったのである。

「なに、陽が沈むころには帰ってくるはずですぜ」

隼人の危惧が八吉にも通じたのか、八吉が顔の笑みを消して言った。

「利助に話す前に、八吉にも訊きたいことがあってな」

そう言ったとき、おとよが茶道具を持って板場から出てきた。酒は捕物の話が終わってからと思い、茶を用意したのだろう。

「おとよ、すまんな」

隼人はおとよに礼を言った。おとよは、いつも隼人に気を遣ってくれるのだ。

「いつも、旦那には利助たちが世話になってますからね」

おとよは、隼人と八吉の膝《ひざ》の脇に茶をついだ湯飲みを置いた。

おとよが板場に去り、熱い茶で喉をしめしてから、

「般若の亀蔵を知っているか」

隼人が、声をあらためて訊いた。

「へい、あっしが旦那の手先をしてたころ、何度か噂を耳にしやした」

「どんな男だ。知ってることを話してくれ」

「亀蔵は、弁天《べんてん》の惣右衛門《そうえもん》の右腕だった男でさァ」

「深川、本所界隈を縄張りにしていた親分だな」

隼人も惣右衛門のことは知っていた。もっとも、惣右衛門のことを知ったのは、十年ほども前のことだった。それも、噂を耳にしただけである。

「やつは、深川の須崎弁財天社の近くで生まれ育ったんでさァ」

八吉が惣右衛門のことを話しだした。

惣右衛門は、須崎弁財天社の近くの生まれだったことと、女のように肌の色が白かったことから弁天の惣右衛門と呼ばれるようになったそうである。

惣右衛門は、一見痩身でやさ男だったが、動きが敏捷《びんしょう》で匕首を巧みに使った。しかも、残忍で悪知恵の働く男だった。若いころは手のつけられない乱暴な振る舞いが多く、近所の者たちは恐れて近付かなかったという。ところが、歳とともに表には出なくなり、しだいに子分を増やし、親分として頭角をあらわしてきた。そして、賭場をひらいたり、女郎屋をやったりして金も手にするようになった。

惣右衛門は壮年になると、本所、深川から神田まで勢力をひろげた。表に出なくなった代わりに残忍さに陰湿さがくわわり、女を死ぬまで嬲《なぶ》ったり、逆らう者を簀巻《すま》きにして川に放り込んだり、目をおおいたくなるようなことを平気でした。そのため、弁天の惣右衛門の名を聞くと、遊び人や地まわりさえ震え上がったという。

「七年ほど前《めえ》になりやすかね。旦那もご存じだと思いやすが、惣右衛門がやっていた女郎屋の客が殺された。それで、女郎屋を探っているうちに、客の殺しの件だけでなく、次から次へと惣右衛門の悪事が露見した。それで、御番所をあげて、惣右衛門を捕ることになったんでさァ」

「そうだったな」

そのときの捕物には与力の出役を仰ぎ、定廻りの同心が三人くわわったはずである。なかでも、横山の活躍が印象に残っている。

「女郎屋を捕方が取りかこんだとき、惣右衛門が店に火を放ったんでさァ」

延焼はしなかったが、大変な惨事になった。客の多くは火がまわる前に逃げ出したが、それでも客が三人、女郎や若い衆など十人ほどが焼け死んだ。

「たしか、惣右衛門もその火事で焼け死んだことになったのだな」

隼人が念を押すように訊いた。

「へい」

焼け跡から、惣右衛門に似た体躯《たいく》の焼死体が発見された。その死体が、惣右衛門がふだん着ていた唐桟《とうざん》の羽織を身につけていたことから、惣右衛門は焼け死んだとみなされたのである。

「惣右衛門の右腕だったのが、般若の亀蔵でさァ」

八吉によると、亀蔵の背中に般若の入墨があることから、般若の亀蔵と呼ばれていたそうである。

女郎屋が焼け、惣右衛門は焼け死んだとみなされた後、主だった子分たちも捕縛されたが、亀蔵は捕らえられなかったという。当時、亀蔵は江戸から逃走したとみられていたそうだ。

「その亀蔵が、深川にもどってきたという噂がたったのが、五年ほど前でさァ」

岡っ引きたちは深川一帯を探ったが、耳にするのは噂だけで、亀蔵がはたして深川にもどったのかどうかもはっきりしなかった。それらしい姿を見かけた者はいたが、塒もつかめなかったそうだ。

「それが、妙なことに、深川で亀蔵の手下と思われるやつらが、しだいに顔をきかせるようになりやしてね。惣右衛門がいなくなった後、深川を縄張りにしていた泉兵衛と対立するようになったんでさァ」

「それで、今度の事件が起こったのだな」

「へい」

「やはり、亀蔵は深川のどこかに身をひそめているようだ」

「あっしもそうみていやす。惣右衛門と同じですぜ。表に顔を出さずに、陰で子分たちを動かしているんでさァ」

「ともかく、亀蔵の塒をつかむことだな」

隼人は、亀蔵を捕らえれば、始末がつくのではないかと思った。

話が一段落したところで、

「旦那、一杯やりやすか」

と、八吉が訊いた。

「そうだな、一杯もらうか」

一杯やっているうちに、利助たちも帰ってくるだろう、と隼人は思った。

第二章　黒の刺客

1

「旦那、繁吉《しげきち》はいやすかね」

利助が歩きながら隼人に訊いた。

隼人と利助は、佐賀町の大川端を歩いていた。繁吉に会うために、八丁堀から永代橋を渡り、深川まで足を運んできたのである。

隼人が豆菊まで足を運び、八吉と会った二日後だった。隼人は豆菊で利助と綾次に泉兵衛や与助が殺された件の探索を指示すると同時に、繁吉も使おうと思ったのである。繁吉は隼人が手札を渡している岡っ引きのひとりだった。

繁吉は、ふだん船宿の船頭をしていることもあって、大きな事件のおりにしか使わなかった。それというのも、船宿の仕事を長い間休むわけにはいかなかったからである。ただ、今回は深川で起こった事件だったし、泉兵衛や与助が殺された場所は、今川町であった。いわば、繁吉の縄張内《しまうち》で起こった事件である。隼人から指示はなくとも、繁吉は探索を始めているかもしれない。

「いるはずだがな」

まだ、四ツ（午前十時）ごろだった。繁吉が自ら探索を始めたとしても、いまから勤め先の店を離れて、歩きまわっているとは思えなかった。

風のないおだやかな晴天だった。大川の川面は、初夏の陽射しを浴びて、黄金を撒《ま》いたようにキラキラ輝いていた。その眩《まばゆ》いひかりのなかを、客を乗せた猪牙舟や荷を積んだ艀などが、ゆっくりと行き交っている。血なまぐさい事件などと縁のない、のどかな大川の眺めである。

隼人と利助の前方に、仙台堀にかかる上ノ橋が見えてきた。橋のたもとを右手に入った先が今川町である。

隼人たちは上ノ橋のたもとを右に折れ、仙台堀沿いの通りへ出た。いっとき歩くと、今川町に入り、繁吉の勤める船宿、船木屋《ふなきや》が見えてきた。店の脇に桟橋があり、数艘の猪牙舟が舫ってあった。船木屋専用の桟橋である。

船木屋の店先に暖簾が出ていたが、店のなかはひっそりとしていた。まだ、客はいないようである。

隼人は暖簾をくぐり、土間に立つと、

「だれか、いないか」

と、声をかけた。利助は隼人の後ろにひかえている。

すぐに、奥の帳場で、はい、すぐに、と女の声が聞こえ、障子があいて年増があらわれた。女将らしい。

「いらっしゃいまし」

女将は笑みを浮かべて上がり框近くに膝を折った。

「繁吉はいるかな」

隼人が小声で訊いた。

「は、はい、桟橋にいるはずです」

女将の顔に、けわしい表情が浮いた。隼人は羽織袴姿の御家人ふうの格好で来ていたが、岡っ引きらしい利助をしたがえていたこともあって、八丁堀同心と分かったようだ。船木屋の女将やあるじは、繁吉がお上の手先をしていることは知っていたのである。

「なに、たいした用件ではないのだ」

隼人はそう言い置いて、店を出た。

店の脇から桟橋にまわると、舫ってある舟のなかに船頭らしい男の姿があった。繁吉だった。船底に莫蓙《ござ》を敷いている。さきほど、姿が見えなかったのは、船底に這《は》うような格好をして莫蓙をひろげていたせいらしい。

桟橋につづく短い石段を下り、

「繁吉、おれだ」

と、隼人が声をかけた。

「だ、旦那、わざわざ足を運んできたんですかい」

繁吉が腰を上げ、驚いたような顔をして隼人を見た。陽に灼《や》けた剽悍《ひょうかん》そうな顔をしている。

「頼みたいことがあってな」

「声をかけてくれれば、あっしの方からうかがいやしたのに」

そう言って、繁吉は舟から桟橋に下りた。

「今川町で、泉兵衛たちが殺されたのは知っているな」

隼人が切り出した。

「へい」

繁吉の顔がけわしくなった。

「下手人のことで、何か噂は聞いてないか」

当然、繁吉の耳にはいろいろな噂が入っているはずである。

「やったのは、般若の亀蔵らしいとの噂がありやすぜ」

繁吉が低い声で言った。

「そうか」

「親分たちが、何人も深川に入って探っているようだが、まだ、亀蔵の塒もつかめねえようでさァ」

親分というのは、他の岡っ引きのことである。

「うむ……」

そのことは、天野からも聞いていた。

「親分たちは怖がっていやしてね、あぶねえところには近付かねえ。探ってるふりをしているだけでさァ。与助の倅の房助だけが、夢中になって聞きまわってますぜ」

繁吉の口元に揶揄《やゆ》するような笑いが浮いたが、すぐに消えた。怖がって探索に身の入らない岡っ引きたちの気持ちも分かったからだろう。

「房助というのは、巻き添えを食って殺された与助の倅か」

「そうでさァ。まだ、十三の餓鬼なんですがね。殺された父親の敵を討つといって、深川のあちこちに出かけて、嗅《か》ぎまわってるんでさァ」

「…………」

隼人は、あぶないと思った。亀蔵に知れたら、始末されるのではあるまいか。

「房助の住まいは？」

隼人が訊いた。

「この先の万年町でさァ」

繁吉が仙台堀沿いの道の先を指差して言った。

「おれから、釘を刺しておくか。……繁吉、すこしここを離れられるか。房助の塒へ連れていってくれ」

隼人は、歩きながら繁吉と話そうと思った。いつまでも、桟橋に立ったまま話しているわけにもいかなかったのである。

「へい、ちょいと、お待ちを」

そう言い残し、繁吉が船木屋の店先に走った。

待つまでもなく、繁吉はもどってきて、

「行きやしょう。女将さんに、話してきやした」

そう言うと、繁吉が先に立って歩きだした。

2

「繁吉、亀蔵を探ってくれ」

仙台堀沿いの道を歩きながら、隼人が言った。利助は、黙って隼人に跟《つ》いてくる。

「へい」

繁吉がけわしい顔をしてうなずいた。

「まず、亀蔵の塒を知りたいが、先に亀蔵のそばにいる子分か情婦《いろ》でもいい。そいつの口を割らせる手もあるからな」

ふだん亀蔵と接している子分か情婦なら、亀蔵の塒や横山を襲った三人の武士の正体も知っているはずである。

「承知しやした」

「探っていることを気付かれるなよ。利根造の二の舞いになるぞ」

「へい、用心しやす。あっしが旦那の手先だと知っている者はすくねえし、十手《じって》をひけらかすようなことはしねえから、分からねえはずだ」

繁吉が低い声で言った。

「それから、しばらく浅次郎《あさじろう》は使わず、おめえひとりで動いてくれ」

繁吉には、浅次郎という下っ引きがいた。ふだん、繁吉が隼人の指示で動くときは浅次郎といっしょのことが多かった。ただ、今度は浅次郎を連れて探索に歩いたら、亀蔵たちに岡っ引きとすぐに知れるだろう。

「分かりやした」

繁吉が歩きながらうなずいた。

そんなやり取りをしている間に、隼人たちは万年町に入った。通りがしだいに寂しくなってきた。人影がまばらになり、通り沿いの表店もすくなくなった。空き地や笹《ささ》藪《やぶ》などが目立つ。

「吉兵衛店は、そこの八百屋の先の木戸を入ったところですぜ」

繁吉が前方を指差して言った。

通り沿いに小体な八百屋があった。その脇に長屋につづく路地木戸がある。

「旦那、あっしが房助を連れてきやしょうか」

路地木戸の前まで来て、繁吉が訊いた。

「いや、いい。家へ行ってみよう」

長屋に房助がいるかどうか分からなかった。いなかったら、せっかく来たのだから、家の者に会っておこうと思ったのである。

古い棟割り長屋だった。繁吉が、井戸端で洗濯をしていた長屋の女房に、房助の家を訊くと、

「そこに稲荷《いなり》があるでしょう。その脇の棟のとっつきですよ」

と、訝《いぶか》しそうな顔をして教えてくれた。隼人が武士体だったからであろう。ちいさな稲荷があった。隼人たちは稲荷の前まで行き、脇の棟のとっつきの家に目をやった。

黄ばんだ腰高障子の紙が破れ、風でひらひらと揺れていた。その破れ目から、水を使う音が聞こえた。土間の隅の流し場で、だれか洗い物でもしているようだ。

繁吉が腰高障子をあけ、

「ごめんよ」

と、首をつっ込んで声をかけた。

土間の隅の流し場にいたのは、ほっそりした少年だった。少年は振り返り、驚いたような顔をして、繁吉とその後ろに立っている隼人に目をむけた。

「房助かい」

繁吉がおだやかな声で訊いた。

「そ、そうだ。何か用か」

房助は顔をこわばらせてつっかかるような物言いで訊いた。見ず知らずの三人もの男が戸口に立っているので、怖くなったのだろう。

「ここにおられるのは、八丁堀の旦那だよ。……与助が殺された件で、探っていなさるんだ」

繁吉が小声で言った。

「……………!」

房助は息を呑み、驚きと恐怖の入り交じったような顔で隼人を見た。

「おれも、おめえと同じ気持ちだ。与助を殺した下手人をお縄にして、そいつの首を地獄門の台に晒《さら》してやりてえのよ。そうでねえと、おまえのおとっつァんは浮かばれねえと思ってな」

そう言って、隼人は土間に入った。

「おれも、おとっつァんの敵《かたき》を討ちてえ!」

房助が、声を震わせて言った。

「おめえの気持ちは、分かるぜ」

隼人は兼定を鞘ごと抜くと、上がり框に腰を下ろして脇に置いた。繁吉と利助は土間に立っている。

「おっかさんは、どうしたい」

隼人は天野から、房助は母親とふたりで暮らしていると聞いていたが、家のなかに母親の姿が見えなかったのだ。

「おっかさんは、そば屋に働きに出ている」

房助によると、与助の死後、母親のお梅は近所のそば屋に小女として勤めているそうである。また、房助は与助が働いていた大工の棟梁に雇われ、普請場の片付けや材木運びなどの手伝いに出ているという。ただ、そうした仕事は三日に一度ほどしかなく、仕事のない日は家にいるそうだ。

「家にいる日は、おとっつァんを殺したやつらを捜しに町を歩いてるんだ」

房助が昂った声で言い添えた。

「おめえの気持ちは分かるがな。おめえが、下手人を捜しまわったりすると、かえって下手人を取り逃がしてしまうぜ」

隼人は、言い含めて房助に探索をやめさせようと思った。

「どうして？」

房助が、不服そうな顔をして隼人に訊いた。

「おめえ、利根造という岡っ引きが殺されたのを耳にしてねえか」

「聞いてる……」

房助が真剣な目差《まなざし》で隼人を見つめた。

「下手人はひとりじゃァねえ。何人もいるようだ。しかも、町方がどこまで探ったか目をひからせている節がある。……利根造が聞き込みのなかで口にしたことが下手人たちに伝わり、これ以上利根造を生かしておけねえと思って、バッサリやったらしいんだな」

隼人の推測だったが、まったくの見当外れではないだろう。

「………！」

房助が目を見開き、ゴクッと唾《つば》を飲み込んだ。

「おめえが、深川を歩いて何を訊いてるか知らねえが、下手人たちはおめえの口から出た言葉で、まだ町方は、おれたちの名も知らねえ、埒もつかんじゃァいねえとみてるんだぜ。……まさか、おめえが下手人に目星をつけて、名を口にするようなことはあるめえが、もし、名を口にしたら、下手人は町方の手が迫っているとみて、江戸から逃げちまうかもしれねえ。そうなったら、もう遅い。お縄にすることはできねえし、おとっつァんの敵は討てなくなるんだぜ」

隼人が、もっともらしく話した。

房助の顔が蒼ざめ、体を小刻みに顫わせながら、

「お、おれ、亀蔵の名を出して、訊いちまった」

と、声をつまらせて言った。

「亀蔵の名を出したのか」

「ご用聞きが、亀蔵が下手人らしいと話しているのを耳にして、おれ、亀蔵の居場所をつかもうと思って八幡さまの近くで話を聞いたんだ」

房助が困惑したように顔をゆがめて言った。

八幡さまとは、富ケ岡八幡宮のことであろう。

「そうか。だが、いまのところは大事ないようだ。亀蔵が江戸から逃走する気配はないからな」

だが、房助、と隼人が急に語気を強くして言った。

「おとっつァんの敵を討ちたかったら、下手人を探ったりするな。相手に、こちらの手の内を教えてやるようなものだからな」

「わ、分かった」

房助が息をつめたままうなずいた。

「よし、おまえはふだんどおり、棟梁のところに働きに出て、おとっつァんの敵など

捜してないふりをするのだ。……たまに、ここにいる繁吉が様子を訊きにくる。そのとき、何か耳にしたことがあったら、話してくれ」

そう言って、隼人は腰を上げた。これだけ言っておけば、房助も亀蔵を探るような真似はしないだろう。

隼人たち三人は、路地木戸から仙台堀沿いの通りへ出た。

隼人は大川の方へ歩きながら、

「ところで、繁吉、亀蔵の賭場を知っているか」

と、訊いた。

隼人は天野から話を聞いたとき、亀蔵の賭場の話が出たので、どこにあるか訊いておいたのだ。

「へい、知っておりやす。東仲町の三十三間堂の裏手でさァ」

深川東仲町の三十三間堂は、京の三十三間堂を模して建てられたものである。亀蔵の賭場はその堂の裏手にあるという。

「賭場を見張ることはないが、近くで聞き込んでみてくれ。……亀蔵のことをよく知っている子分か、情婦《いろ》のことが分かるかもしれねえ」

天野によると、岡っ引きが賭場を見張っているらしいので、繁吉まで見張ることはないと思ったのである。

「承知しやした」

繁吉が顔をひき締めてうなずいた。

3

「たしか、この辺りだったな」

繁吉は入船町の町筋を歩いていた。黒の半纏に股引《ももひき》姿で、手ぬぐいで頰っかむりしていた。大工か植木屋のような格好である。繁吉は念のため、船木屋の船頭であることを隠して聞き込みにまわっていたのだ。

繁吉は、冬吉《ふゆきち》という地まわりを捜していた。数年前まで、富ケ岡八幡宮界隈で顔をきかせていた地まわりである。冬吉は酒に酔って徒牢人《いたずらろうにん》と喧嘩して腕を斬られ、隻腕《せきわん》になって足を洗い、情婦といっしょに入船町で飲み屋をやっていると聞いていた。繁吉は冬吉に訊けば、亀蔵のことが知れるのではないかと思ったのである。

……あの店だったな。

通り沿いに、飲み屋らしい小体な店があった。軒先に、酒処と書いてある古い赤提灯がぶら下がっていた。

繁吉は色褪《いろあ》せた赤提灯に見覚えがあった。一年ほど前、店の前を通ったとき、いっしょに歩いていた連れの船頭が、あれが、冬吉の店だ、と口にしたのを覚えていたのである。

戸口に縄暖簾が出ていた。店のなかから、男の濁声が聞こえてきた。客がいるらしい。

繁吉は縄暖簾をわけて店に入った。土間に飯台がふたつ置かれ、男がふたり腰掛け代わりの空き樽に腰を下ろして酒を飲んでいた。黒の丼《どんぶり》(腹がけの前隠し)に股引姿である。職人らしかった。

繁吉は、ふたりの男と離れた隅の空き樽に腰を下ろした。すると、すぐに奥から三十がらみと思われる痩《や》せた女が出てきた。面長で、浅黒い肌をしていた。厚く塗った口紅が、血でも含んだように毒々しい。

冬吉の情婦であろう。

「お客さん、酒ですか」

女が愛想笑いを浮かべて訊いた。

「酒と……」

繁吉は板壁に張ってある黄ばんだ御品書きに目をやり、

「冷奴と漬物を頼むか」

と、言い添えた。

「すぐ、持ってきますよ」

女が踵を返そうとしたとき、

「女将、冬吉はいるかい」

と、小声で訊いた。

「いるけど……」

女が怪訝《けげん》な顔をして繁吉を見た。ただの客ではないとみたようだ。

「今川町の繁吉が来てる、と伝えてくんな」

繁吉は二年ほど前、冬吉から話を聞いたことがあるが、冬吉は忘れてしまったかもしれない。ただ、名は忘れても顔を見れば思い出すだろう。

女が奥へもどるとすぐに、腹の突き出た大柄な男が出てきた。隻腕である。四十がらみ、赤ら顔で鼻が大きく厚い唇をしていた。冬吉である。

「繁吉ってえなァ、おまえさんかい」

冬吉は、ギョロリとした目で繁吉を見た。

「とっつァん、忘れたかい。ふだんは、船木屋で船頭をしている繁吉だよ」

そう言えば、思い出すはずだった。二年ほど前、船木屋の脇で冬吉から話を聞いたのである。

「ああ、おめえか」

冬吉が、うなずいた。思い出したようである。

「腰を下ろしてくんな。ちょいと、訊きてえことがあってな。商いの邪魔はしねえ。すぐ、すむぜ」

繁吉はそう言うと、懐から巾着を取り出し、波銭を何枚かつまみ出して、冬吉に握らせてやった。この手の男は、ただでは口をひらかないのだ。

「すまねえなァ」

冬吉はニヤリと笑い、向かいの空き樽に腰を落とした。

「おめえ、般若の亀蔵を知ってるな」

繁吉が小声で訊いた。ふたりの客に聞こえないように気を配ったのである。

「知ってるぜ」

冬吉の顔から笑いが消えた。目がうすくひかっている。地まわりだったときの凄みのある顔付きである。

「塒は知らねえだろうな」

念のために、訊いてみた。

「知らねえ。塒どころか、亀蔵が深川にいるかどうかも知らねえよ」

冬吉が素っ気なく言った。

「子分を知ってるかい」

かまわず、繁吉が訊いた。

「亀蔵の子分は大勢いるぜ」

「下っ端はどうでもいい。おれが知りてえのは、亀蔵のそばにいる兄貴分だ」

「曽根八《そねはち》なら知ってるぜ」

「どんな男だ」

「まだ、弁天の惣右衛門が生きていたころ、亀蔵の弟分だった男よ」

冬吉によると、曽根八はいまでも亀蔵の右腕のような男だという。五十がらみで、でっぷり太った赤ら顔の男だそうだ。

「曽根八の塒は分かるか」

繁吉が訊いた。

「塒は知らねえが、蛤町《はまぐりちょう》に曽根八の情婦《いろ》がいたな。小料理屋の女将で、なんてえ名だっけな」

冬吉は首をひねった。情婦の名は思い出せないらしい。

「小料理屋の名は分かるか」

「桔梗屋《ききょうや》か、牡丹屋《ぼたんや》か。洒落《しゃれ》た花の名だったのは、覚えてるぜ」

「花の名な」

それだけ分かれば、曽根八の情婦のいる店は割り出せるだろう、と繁吉は踏んだ。

「ところで、亀蔵にも情婦がいるんじゃァねえのか」

繁吉が声をあらためて訊いた。

「弁天の惣右衛門が生きていたころ、山本町に女をかこっていると聞いた覚えがあるが、いまもその女をかこっているかどうか」

知らねえ、と言って、首をちいさく横に振った。

山本町とは、富ケ岡八幡宮の門前通り沿いにひろがっている永代寺門前山本町のことである。

「女の名は?」

「お富《とみ》という名だったな」

「お富か」

つきとめられるかどうか分からなかったが、曽根八の塒が知れなかったら探ってみようと思った。

繁吉の話が途絶えたところで、

「話はすんだようだな」

と言って、冬吉が腰を上げた。

店の外に出ると、陽は西の空にまわっていた。一刻《いっとき》（二時間）もすれば、暮れ六ツ（午後六時）の鐘が鳴るだろう。

……帰り道だ。蛤町にまわってみるか。

繁吉は、曽根八の情婦の店を探ってみようと思った。

4

隼人は繁吉と利助を連れて、蛤町の横丁を歩いていた。そこは、飲み屋、そば屋、一膳めし屋など飲み食いのできる小体な店が目につく路地だった。表通りからすこし入った横丁なので、そうした店が多いのかもしれない。

「旦那、あの店ですぜ」

繁吉がそば屋の脇に足をとめ、斜向《はすむ》かいにある小料理屋を指差した。

「あれが、桔梗屋か」

店先に暖簾が出ていた。戸口は格子戸で、脇の柱に掛行灯がかかっている。小洒落た店である。

「へい」

繁吉は、冬吉から話を聞いた後、蛤町にまわって、曽根八の情婦のいる店をつきとめたのだ。そして、隼人に話すと、

「明日、おれも蛤町に行ってみよう」

と隼人が言い出し、利助も連れて蛤町まで足を運んできたのである。

「情婦《おんな》の名は、おはつだったな」

隼人は、繁吉から情婦の名も聞いていたのだ。繁吉は、桔梗屋をつきとめたとき、おはつの名も聞き込んでいたのだ。

「へい、おはつはいつも店にいるらしいですぜ」

「曽根八が、店にいるかどうかだな」

隼人が、曽根八がいるようなら店から出るのを待って、捕らえてもいいと思っていた。それで、利助も連れてきたのである。

「店のなかの様子が訊けるといいんだがな」

隼人は歩きだしながら言った。路傍に立っていると、人目を引くのである。

「旦那、あっしと利助とで訊いてみやすよ」

繁吉が歩きながら言った。

「そうしてくれ」

近所の店で訊いてみれば、ちかごろ曽根八が店に来ているかどうか分かるだろう。武士体の隼人より、繁吉と利助の方が訊きやすいのだ。

桔梗屋の前を一町ほど歩くと、ちいさな稲荷があった。祠《ほこら》の両脇で、樫《かし》が枝葉を茂らせていた。樫の樹陰にまわれば、身が隠せそうである。

「おれは、ここで待つ」

隼人はひとり赤い鳥居をくぐった。

繁吉と利助は、小走りに来た道を引き返していった。陽が西の家並の向こうに沈みかけていた。風のない静かな日で、町筋は淡い陽の色に染まっていた。雀色時《すずめいろどき》と呼ばれるころである。

隼人は樫の樹陰で、繁吉と利助がもどってくるのを待った。小半刻（三十分）も過ぎただろうか。陽の色はうすらぎ、樹陰には淡い夕闇が忍び寄っていた。

そのとき、稲荷の祠の方に近付いてくる足音が聞こえた。小走りに近付いてくるふたりの足音である。

……来たようだ。

隼人は樹陰から出た。

繁吉と利助が、小走りに近付いてきた。

「どうだ、店の様子が知れたか」

隼人がふたりに目をやって訊いた。

「だ、旦那、曽根八は店にいねえようですぜ」

利助が声をつまらせて言った。急いで来たせいで、息が乱れている。

利助によると、桔梗屋からすこし離れたそば屋に立ち寄ろうとしたとき、店先から客らしい男が出てきたので、急いで後を追いかけて話を聞いたという。

男は瀬戸物屋のあるじで、桔梗屋にはときどき飲みに寄るそうだ。あるじの話によると、曽根八は桔梗屋の旦那だが、今日は姿を見かけないという。

利助の話が終わったところで、隼人が、

「繁吉、おめえはどうだい」

と、繁吉に訊いた。

「あっしは、近くの店屋に立ち寄って訊きやした」

と前置きして、繁吉が話した。

繁吉は、まず桔梗屋の斜向かいにあった小間物屋に立ち寄って話を聞いた。店のあるじによると、曽根八は桔梗屋に住んでいるらしいが、ほとんど姿を見かけないそうだ。また、日暮れ時、店を出たまま帰ってこないこともあるらしいという。

「それに、牢人ふうの男を店に連れてくることもあるようですぜ」

繁吉が声をひそめて言い添えた。

「横山さんを襲ったのは、三人の武士だ。そのうちのひとりかもしれねえな」

「あっしも、そうみやした」

繁吉が言った。

「いずれにしろ、今夜は姿をみせないようだ」

「どうしやす」

利助が訊いた。

「出直すしかないな」

隼人は、稲荷の鳥居の方に歩きながら言った。曽根八が桔梗屋にいなければ、どうにもならない。

隼人たち三人は、蛤町の路地をたどり、富ケ岡八幡宮の門前通りへ出た。門前通りは、夕闇につつまれていたが、人通りは多かった。参詣客や遊山客などが行き交《ゆか》っている。通り沿いの料理屋、料理茶屋、妓楼《ぎろう》などは華やいだ灯につつまれ、酔客の哄笑《こうしょう》、芸妓の嬌声《きょうせい》などがさんざめくように聞こえてくる。

「旦那、明日からあっしらで張り込みやすよ」

繁吉が言うと、

「そうでさァ。なにも旦那が、張り込むこたァねえ。あっしと繁吉、それに綾次も使えやすからね」

と、利助が言い添えた。

「そうだな」

隼人は、繁吉や利助が深川で動きまわるのはあぶないとみて、できるだけ隼人自身で足を運んでこようと思っていたのだが、いつ姿をあらわすか分からない曽根八を待って張り込みをつづけることはできない。

「では、こうしよう。利助、繁吉、綾次の三人で、桔梗屋を見張ってくれ。そして、曽根八が桔梗屋に姿を見せたらすぐに、おれのところに知らせてくれ。……曽根八を捕るのは、それからだ」

曽根八が桔梗屋に姿を見せたのを確かめてから、深川に向かっても曽根八を捕縛することはできるだろう。

「承知しやした」

繁吉が言うと、利助もうなずいた。

5

隼人たち三人は富ケ岡八幡宮の一ノ鳥居をくぐり、黒江町へ出た。夕闇が物陰に忍んでいたが、西の空には残照がひろがっている。まだ、暗いという感じはなく、町筋には昼の明るさが残っていた。通りで出会う人の顔が、妙にはっきりと見える。

隼人は掘割にかかる八幡橋のたもとまで来たとき、背後を歩いている武士を目にとめた。二十間ほどの距離である。牢人体だった。小袖に袴姿で、大刀を一本落とし差しにしている。歩く姿に隙《すき》がなく、腰がどっしりとしている。武芸の修行で鍛えた体であることは遠目にも見てとれた。

……おれたちを、尾《つ》けているのか。

と、隼人は思った。一ノ鳥居をくぐるときも、その牢人が後ろを歩いていたような気がしたのだ。それに、歩く姿に殺気がある。

そのとき、隼人の脳裏に横山を襲った三人の武士がよぎったが、隼人は恐れなかった。牢人ひとりだし、人通りの多い門前通りで襲うはずはないのである。

隼人は冨吉町へ入ったところで、それとなく背後を振り返ってみた。まだ、牢人はついてくる。ほぼ同じ間隔を保ったままである。それに、身辺の殺気は高まったようだ。すこし前屈みで歩く姿に、獲物を狙う獣のような気配がある。

……尾けているのでは、ないらしい。

牢人は、身を隠すような気配を見せなかった。道のなかほどを歩いている。隼人たちに気付かれてもかまわないのだろう。

いずれにしろ、大川端へ出れば、牢人が何をしようとしているか分かるはずだ、と隼人は思った。

隼人たちは大川端へ出ると、川上にむかった。隼人は永代橋を渡って八丁堀へ帰るつもりだった。

大川端は暮色に染まっていた。人影はまばらである。黒ずんだ大川の川面に船影はなかった。広漠とした川面の先に、ぼんやりと日本橋の家並が見えた。濃い夕闇のなかに、家々の黒い輪郭が黒くかすんでいる。

隼人は、後ろを振り返ってみた。

……間をつめている！

牢人が、十間ほどに迫っていた。足早に、近付いてくる。

そのときだった。前方の大川の川岸に植えられた柳の樹陰から人影が通りへ出てきた。ふたりだった。いずれも、武士である。黒頭巾で顔を隠していた。

……横山さんを襲った三人だ！

隼人が胸の内で叫んだ。

「だ、旦那！　待ち伏せだ」

繁吉が声を上げた。

前方のふたりが、足早に近付いてきた。後方からは、走り寄る足音が聞こえた。どうやら、挟み撃ちにするつもりらしい。

隼人はすばやく前後から迫ってくる三人に目をやった。

……三人とも遣い手だ！

と、察知した。

前方からのふたりの武士は、大柄と痩身だった。ふたりとも腰が据わり、歩く姿に隙がなかった。後方の牢人の身辺にも、鋭い殺気がある。三人とも遣い手とみていい。しかも、中背の牢人の身辺には、多くの人を斬殺してきた者の持つ陰湿で酷薄な雰囲気がただよっていた。

「逃げるのだ！」

隼人が声を上げた。三人に太刀打ちできない、と隼人はみたのだ。逃げるしか助かる手はない。

繁吉と利助が、ひき攣《つ》ったような顔をして十手を手にした。

「走れ！」

隼人は兼定を抜き放ち、前方からくるふたりに向かって疾走した。永代橋のちかくまで行けば人通りが多くなるので、三人の武士も手を引くだろうと読んだのだ。

ワアアッ！

利助が悲鳴とも気合ともつかぬ甲走った声を上げて走りだした。繁吉も十手を振りかざして走った。

前方のふたりが、足をとめて抜刀した。切っ先を隼人たちにむけている。淡い夕闇のなかで、ふたりの切っ先が行く手を阻む巨獣の牙のように見えた。

隼人も足をとめた。突き進んでも、繁吉と利助は逃げきれないだろう。

背後から駆け寄った牢人が、隼人の前方にまわり込んできた。ふたりの武士は、隼人たちを取りかこむように左右にまわった。

牢人は上段に構えた。刀身をやや寝かせた低い上段で、左の拳《こぶし》が額の前にある。牢人の手にした刀身が、夕闇のなかでにぶくひかっている。

隼人は牢人との間合をつめた。いずれにしろ、牢人を突破しなければ逃げられないと思ったのである。間合がせばまるにつれ、牢人の身辺に剣気が高まってきた。

……こやつ、ただ者ではない！

と、隼人は思った。

異様な体付きだった。首が太く、胸が厚かった。着物をとおして、手足が太く腰がどっしりしているのが分かる。身体《からだ》を厚い筋肉がおおっているのだ。

その体付きとあいまって、上段の構えには巨岩で押してくるような威圧があった。

「兜割《かぶとわ》り、受けてみるか」

牢人が低い声で言った。

面長で鼻梁が高く、細い目をしていた。その目が切っ先のようにひかっている。

「兜割りだと」

隼人は、牢人の遣う技だろうと思った。何流なのか、兜割りと称する剣名を耳にしたことはなかった。

牢人は足裏で地面を擂《す》るようにしてジリジリと間合をつめてきた。その動きと呼応するように、左右の武士も間を寄せてくる。

……このままでは、三人とも斬られる！

と、隼人は察知した。

ともかく、正面の牢人を突破するしかない、と隼人は肚《はら》を決めた。

「繁吉、利助、ついてこい！」

いきなり、隼人は疾走した。

繁吉と利助も駆けだした。左右の武士も走った。

隼人は、走りながら八相に構えた。一撃みまい、敵がかわした瞬間にすり抜けて逃げるつもりだった。

隼人は牢人に急迫した。牢人は足をとめた。迎え撃つつもりらしい。腰がわずかに沈んだ上段の構えに、磐石の重みがくわわっている。

イヤアッ！

隼人が裂帛《れつぱく》の気合を発して斬り込んだ。

走りざま八相から袈裟《けさ》へ。膂力《りよりよく》のこもった強い斬撃だった。

間髪を入れず、牢人も斬り込んだ。

迅《はや》い！

一瞬、閃光がはしり、夕闇を稲妻のように切り裂いた。刃唸りとともに武士の切っ先が、隼人の真っ向を襲う。

袈裟と真っ向。

ふたりの刀身が眼前で合致し、青火が散った。次の瞬間、隼人の刀身がはじかれ、腰がくずれた。牢人の斬撃は迅いだけではなく、異様に強く重い剛剣だった。その斬撃に、押されたのである。

すかさず、武士が二の太刀をはなった。真っ向へ斬り込んだ刀を振り上げざま、ふたたび真っ向へ。一瞬の二段斬りである。

……これが、兜割りか！

隼人は、頭のどこかで思った。剛剣から神速の二段斬りを放つのである。

だが、隼人も並の遣い手ではなかった。一瞬のうちに体勢をたてなおし、上体をひねりざま、刀身を横に払った。

次の瞬間、隼人は、

……斬られた！

と、感知した。左の肩先に焼鏝《やきごて》を当てられたような衝撃がはしった。だが、隼人は足をとめず、そのまま牢人の脇を走り抜けた。

牢人も、前に踏み込んだ足をとめて反転した。脇腹の着物が裂けている。隼人の胴を払った一撃が武士の着物を裂いたようだが、血の色はなかった。切っ先が肌までとどかなかったようだ。

「逃げるか！」

牢人が声を上げ、追ってきた。

隼人は懸命に走った。ここは逃げるしか助かる手はないのだ。


繁吉と利助も、ふたりの武士の脇を走りぬけていた。だが、繁吉の左の二の腕が血に染まっていた。走り抜けるおり、繁吉は大柄な武士の斬撃をあびたのである。大柄な武士は逃げる繁吉に脇から迫り、八相から袈裟に斬り込んだ。咄嗟に、繁吉は十手で頭上を払った。無意識に手が動いたのである。

十手の先が大柄な武士の切っ先に当たり、甲高い金属音がひびいたが、刀身ははじかれずに繁吉を襲った。だが、いくぶん斬撃がそれた。そのため、切っ先が繁吉の肩ではなく左の二の腕をとらえたのだ。

ザクリ、と繁吉の袖が裂けた。あらわになった腕から血が噴いた。

それでも、繁吉は足をとめなかった。大柄な武士の脇をすり抜け、猛然と走った。

利助も走る。

「待て！」

大柄な武士が、反転して追いかけてきた。

だが、繁吉と利助との間は離れるばかりだった。繁吉たちふたりは足が速かったし、ふたりの武士は抜き身を手にしていたので、速く走ることができなかったのだ。

隼人と牢人との間も縮まらなかった。

三人の武士は抜き身を引っ提げたまま追いかけたが、一町ほど走って足をとめた。隼人たちに追いつけないとみて、諦《あきら》めたようだ。

「た、助かった……」

隼人も足をとめた。

いっしょに走ってきた繁吉と利助も、足をとめた。上体をかがめ、ハァ、ハァと荒い息を吐いている。

「だ、旦那、斬られたんですかい」

利助が、隼人の肩先に目をむけて訊いた。

「なに、かすり傷だ」

かすり傷ではなかった。ただ、命にかかわるような傷ではない。左腕も自在に動く。出血はすくなくなかったが、心配することもないだろう。

「繁吉は、どうだ」

隼人は繁吉の左腕に目をやった。袖が裂けて、血に染まっている。

「あっしも、かすり傷でさァ」

繁吉が苦笑いを浮かべて言った。

出血はそれほど多くなかった。左腕の動きにも支障はないようだ。どうやら、繁吉も浅手ですんだらしい。

……それにしても、尋常な相手ではない。

と、隼人は思った。

なかでも、隼人と切っ先を合わせた牢人の遣った兜割りと称する剣は異様だった。闇のなかに稲妻がはしったように見えた瞬間、切っ先が真っ向へ伸びてきたのだ。それも、凄《すさ》まじい剛剣だった。受けても、そのまま斬り下ろされるような強い斬撃である。二の太刀も迅い。神速の太刀捌きである。

あの男の筋肉におおわれた身体《からだ》は、兜割りと称する剛剣を生むために鍛えたせいかもしれない、と隼人は思った。

6

「だ、旦那さま、血が！」

おたえが目を瞠《みは》り、凍りついたように身を硬くした。

おたえは戸口まで迎えに出て、血に染まっている隼人の肩口を目にしたのである。

「でけえ声を出すな。たいした傷ではない」

隼人が苦笑いを浮かべて言った。

「は、早く、手当てをしなければ……」

おたえが、蒼ざめた顔で立ち上がった。

そのとき、バタバタと廊下を走る音がし、母親のおつたが顔を出した。おたえの悲鳴のような声を聞きつけたらしい。おつたは、そろそろ還暦になる歳である。肌が浅黒く皺《しわ》の多い顔は、梅干のようである。

ふだんは、風邪気味だ、腰が痛い、気分がすぐれない、などと口にし、奥の座敷で寝ていることが多いのだが、戸口の騒ぎを耳にして、出てきたらしい。

「隼人、どうしました！」

おつたが、驚いたように目を剝《む》いて訊いた。顔が伸び、皺が額に集まっている。よけい梅干のように見える。

「ならず者と斬り合ったのだ。……どうでも、いいが、おれをここに立たせておくのか」

隼人が渋い顔をした。

「おお、そうでした。何はともあれ、手当てが先です。おたえ！」

おつたが、金切り声を上げた。

「は、はい！」

思わず、おたえが腰を伸ばした。

「おたえ、桶《おけ》に水を。それに、奥の間にある金創膏をもってきておくれ」

おつたが、口早に指示した。ふだんは、間延びした声でしゃべるのだが、妙に張り切っている。やっと、自分の出番が来たと思っているのかもしれない。

おたえは、すぐに戸口から離れ、台所にむかった。

「隼人、ともかく居間へ」

おつたは、隼人にまで命令口調で言った。

隼人が苦笑いを浮かべて居間へ行くと、おつたは手早く隼人の羽織を脱がせ、さらに小袖の襟をひらいて諸肌脱ぎにさせた。

あらわになった肩口から血が流れ出ていたが、それほど深い傷ではなかった。

「隼人、このくらいの傷で、うろたえるでないぞ」

おつたが、顔をしかめて言った。

「………」

うろたえているのは、女たちだ、と思ったが、隼人は黙ってうなずいた。とりあえず、ふたりに手当てしてもらわねばならないのだ。

おつたは、奥の座敷から晒《さらし》を持ってくると、三尺ほどに切って折り畳んだ。そして、おたえが小桶に水を入れて持ってくると、晒を湿して、傷のまわりの血を綺麗に拭き取った。

「おたえ、これで傷口を押さえていておくれ」

おつたが、濡《ぬ》れた晒を傷口にあてがって言った。

「は、はい」

おたえは、晒を両手で押さえた。

その間に、おつたはさらに晒を三尺ほどに切って折り畳み、たっぷりと金創膏を塗った。

おつたは、傷口を押さえていた晒をはずさせ、金創膏を塗った晒を傷口に当てると強く押さえた。

「おたえも手伝っておくれ」

おつたが言い、女ふたりで、晒を隼人の肩から腋《わき》に何度もまわして傷口を縛った。

「これで、大事ありません」

おつたが、顎を突き出すようにして言った。手当ては終わったようだ。なかなか手際がいい。おつたは、隼人の父親であり、おつたの夫である藤之助《とうのすけ》が隠密廻り同心だったころから、こうした傷の手当てには慣れていたのである。

おたえは隼人の脇に座り、

「痛みませんか」

と、心配そうな顔をして訊いた。おたえはすこし落ち着いたらしく、新妻らしい物言いをとりもどしている。

「痛くはない。……おたえ、頼みがあるのだがな」

隼人が声をあらためて言った。

「何でしょうか」

「おれは、まだ夕めしを食っておらんのだ。腹がへっていてな、何か食う物はないかな」

「は、はい」

おたえが、慌てて立ち上がり、湯漬けなら、すぐにできます、と言って、顔に安堵《あんど》の色を浮かべた。たいした傷ではない、と思ったようだ。

おたえが、座敷から出て行くと、

「あたしも、お茶でも淹れようかね」

と言って、おつたも腰を上げた。


翌日、隼人は八丁堀の組屋敷から出なかった。まだ、動きまわらない方がいいと思ったのである。

陽が西の空にまわってから、天野が訪ねてきた。利助から、隼人が傷を負ったことを聞いたという。

居間の座敷に腰を下ろした天野は、

「どうです、傷は？」

と、隼人の肩口に目をやりながら訊いた。

「たいした傷ではない。無理をしなければ、刀も遣える」


隼人は、明日にも蛤町へ出向き、桔梗屋に行ってみるつもりだった。それというのも、大川端で襲った三人の武士は、深川を探っていた隼人たちの跡を尾けていたのではないかと思われたのだ。そうであれば、隼人たちが桔梗屋を見張っていたことも承知しているだろう。そのことが曽根八の耳に入れば、桔梗屋をとじて、おはつも姿を消してしまうかもしれない。

「長月さんは、曽根八という男を探っていたようですね」

天野が訊いた。

「そうなのだ。曽根八は、亀蔵の右腕らしい。それで、曽根八を捕らえて吐かせれば、亀蔵の居所も知れると思ったのだ」

隼人は、これまでの経緯をかいつまんで話した。

「わたしも、長月さんの耳に入れておきたいことがありましてね」

天野が、小声で言った。

「なんだ」

「実は、亀蔵の賭場ですが、このところしまったままなんです」

「賭場をひらいてないのか」

隼人が訊いた。

「はい、雨戸がしまったままで、ここ数日だれも出入りしてないようです」

「町方が見張っていると気付いて、しめてしまったのではないかな」

亀蔵たちも、町方の動きには目をひからせているようだ。

「そうとしか考えられません。……こうなると、賭場に出入りしていた亀蔵の手下を捕らえておけばよかったと後悔してます」

天野は賭場を見張り、亀蔵や三人の武士が姿をあらわしたら尾行して塒をつかむつもりでいたのだ。

「亀蔵も、手が早いな」

「こうなったら、賭場に出入りしていた客や三下をつかまえて、亀蔵たちの隠れ家をつきとめますよ」

天野が顔をけわしくして言った。

「いまのところ、それしか手はないな」

すこし遠回りになるが、丹念に探れば亀蔵たちの居場所もつかめるのではないか、と隼人は思った。

7

天野が隼人の家へ姿を見せた翌日、隼人は虚無僧に変装して、まず紺屋町の豆菊に足を運んだ。利助と綾次を連れて蛤町へ行き、桔梗屋がどうなったか、確かめるつもりだった。虚無僧に変装したのは、八丁堀同心と気付かれないためである。

「旦那、怪我をしたと聞いてやすぜ」

八吉が虚無僧姿の隼人を見て、驚いたような顔をした。

「なに、てえした傷じゃァねえ。三日もすれば、治るだろうよ」

三日で治るはずはないが、血がとまれば、刀を遣うこともできるはずだ。

「利助はいるかい」

「へい、綾次もいやすぜ。すぐに、呼んできやす」

そう言い残し、八吉は板場にむかったが、待つまでもなく利助と綾次を連れてもどってきた。

「旦那、そんな格好で歩いて、傷に障りやせんか」

利助が心配そうな顔をして訊いた。

「歩いても、どうということはない。それより、これから深川へ行くつもりだが、いっしょに来られるか」

「お供いたしやす」

利助が声を上げると、綾次もうなずいた。

「また、一昨日《おととい》のように襲われたくねえ。身装《みなり》を変えてくれ。それに、顔を隠せるといいんだがな」

隼人は、念のために利助と綾次も変装させようと思った。

「大工か鳶《とび》のような身装《なり》ならできやすが」

利助は、黒の腰切半纏と股引ならふたり分あるという。

「それでいい」

「ちょいと、お待ちを」

そう言い残し、利助と綾次は奥へもどった。

小半刻（三十分）ほど待つと、利助と綾次は黒の腰切半纏と股引に着替え、手ぬぐいで頬っかむりして出てきた。なるほど、大工か鳶のように見える。それに、頬っかむりで顔も隠れるので好都合だった。

「よし、行くか」

隼人たちは、豆菊を出た。

柳原通りを両国橋に向かい、橋を渡って本所へ出るまでの間、隼人は深川へ行ってからの手筈《てはず》を話した。そして、大川端を深川にむかって歩き出すと、隼人は利助たちから離れた。虚無僧と大工か鳶職ふうの三人が、話しながら歩いていると人目を引くのである。

八ツ半（午後三時）ごろだった。初夏の陽射しが大川端に降りそそいでいた。大川端の通りは、通行人が行き交っていた。陽射しを遮るために笠をかぶったり、手ぬぐいで頬っかむりしたりして歩いている。

隼人たち三人は、永代橋のたもとを過ぎ、相川町に入ってしばらく歩いてから左手の通りに折れた。その道は、富ケ岡八幡宮の門前通りへつづいている。三人は門前通りへ出て、一ノ鳥居をくぐったところで右手の路地へ入った。そこは、桔梗屋のある横丁につづく路地である。

やがて、隼人たちは桔梗屋のある横丁へ入った。隼人は利助たちふたりから半町ほども間をとって歩いた。利助たちも、辺りを探るような素振りを見せず、すこし足早に歩いていく。

先を行く利助たちが、桔梗屋の前を通り過ぎた。用心して、利助たちは足をゆるめもしなかった。

つづいて、隼人が桔梗屋の前を通りかかった。隼人は天蓋《てんがい》を通して、店先に目をやった。

……しまっている!

桔梗屋の戸口の格子戸はしまっていた。店先に暖簾も出ていない。店はひらいていないようだ。

隼人は足をとめずに桔梗屋の前を通り過ぎた。

利助と綾次が、稲荷の祠の前で待っていた。以前、隼人が身を隠していた稲荷である。この場で、利助たちが隼人を待つ手筈になっていたのだ。

「店はしまっていたな」

「へい、とっくにひらいている時刻ですぜ」

「そうだな」

隼人たちに探られていることに気付き、店をしめてしまったのではないか、と隼人は思った。亀蔵の賭場と同じである。

「旦那、綾次とふたりで訊いてきやすよ」

利助が言った。

「気をつけろよ」

「へい、すぐにもどってきやす」

そう言い残し、利助と綾次は稲荷の境内から出ていった。

小半刻（三十分）ほどすると、利助たちがもどってきた。走ってきたらしく、ふたりとも息が荒かった。

「だ、旦那、昨日から桔梗屋はしまったままだそうですぜ」

利助によると、桔梗屋の近くの小間物屋に立ち寄ってそれとなく訊くと、店の若い旦那が、桔梗屋さんは、昨日からしまったままですよ、と答えたという。

「どうやら、曽根八とおはつは姿を隠したようだ」

隼人は、ふたりに逃げられた、と思った。

「どうしやす」

利助が訊いた。

「八方塞《ふさ》がりだが、ひとつだけ手がある」

隼人は、亀蔵にもお富という名の情婦がいたらしいと繁吉から聞いていたのだ。お富を捜し出してたぐれば、亀蔵の居所が知れるかもしれない。

隼人はお富のことを話した後、

「ともかく、船木屋に行ってみよう」

と言って、稲荷から路地に出た。

繁吉の傷は左腕で、しかも浅手だった。晒を巻いて半纏を羽織れば、舟を漕《こ》ぐこともできるので、勤めに出ているだろう。

隼人たちは船木屋の前を通り、桟橋にいる繁吉の姿を目にとめると、利助をやって繁吉を呼んでこさせた。

「すぐに済む。歩きながら話そう」

隼人は先にたって歩きだした。

繁吉は黙って跟《つ》いてきた。利助と綾次は、繁吉からさらに間をおいて歩いてくる。通行人の目をひかないように、そうしたのである。

「曽根八とおはつが姿を消したよ」

そう前置きし、隼人は桔梗屋が昨日から店をとじてしまったことを話した。

「あっしらが、探っていたことに気付いたんですかね」

繁吉がけわしい顔で言った。

「そうとしか思えんな。それに、亀蔵の賭場もとじたままだ」

隼人が天野から聞いた話を伝えた。

「亀蔵たちは、町方の動きに目をひからせているようですぜ」

繁吉が言った。

「町方の動きをみて、尻尾《しっぽ》をつかまれたとみると、まず、つかんだ者を消しにかかる。利根造が殺られ、横山さんやおれたちが襲われたのもそうだ。ところが、始末に失敗すると、町方の手が入る前に、姿を消してしまうって寸法だ」

「厄介な相手だ」

「だが、おれたちが深川から手を引けば、亀蔵たちはさらに縄張りをひろげ、好き勝手なことをやり始めるぜ」

「何か手はねえんですかね」

繁吉が視線を足元に落としたままつぶやくような声で言った。

「手はある」

「何です？」

「おめえ、亀蔵にはお富という情婦《いろ》がいたらしいと話していたな」

「へい」

「そいつをつきとめてくれ。……当時、亀蔵は山本町でお富をかこっていたそうじゃァないか」

隼人は、山本町を探れば、お富の行方が分かるのではないかと踏んだのだ。

繁吉は顔を上げて隼人を見ると、

「やってみやしょう」

と、低い声で言った。双眸が、獲物を目にした猟犬のようにひかっている。

第三章　手掛かり

1

おたえは、隼人の後ろについてきながら、

「旦那さま、今日は遅いのですか」

と、訊いた。声に甘えるようなひびきがある。

隼人が傷を負って五日経っていた。この間、隼人は奉行所に出仕せず、家にいることが多かった。隠密同心は事件の探索にかかると、出仕しなくても非難されるようなことはなかった。隠密同心は隠密裡に探索するのが任務のため、奉行所も大目に見ていたのである。

それが、今日は出仕する、とおたえに伝えたので、奉行所で何かあるのではないかと勘ぐったようだ。

「いや、遅くはなるまい」

隼人は、今度の事件にかかわっている同心たちから話を聞けば、すぐに家に帰ってくるつもりだった。奉行所内にいても、やることはないのである。

隼人が戸口に立つと、

「お刀を」

そう言って、おたえが手にした兼定を差し出した。

「では、行ってまいる」

隼人が兼定を腰に帯びたときだった。

戸口に走り寄る足音がし、

「旦那！　旦那！」

と、呼ぶ声が聞こえた。小者の庄助である。何かあったようだ。ふだんの出仕のおりに、庄助が、戸口から隼人を呼ぶことなどなかった。

隼人が引き戸をあけて戸口から出ると、庄助と天野に仕えている与之助が立っていた。

「どうした」

隼人は与之助に顔をむけて訊いた。与之助が、何か知らせに来たのであろう、とみたのだ。

「牧造《まきぞう》が、殺られたようです」

与之助が昂《たかぶ》った声で言った。

「相生町《あいおいちょう》の牧造か」

隼人は、本所相生町に牧造という岡っ引きがいることを知っていた。天野から手札をもらっているひとりである。

「へい、天野の旦那に言われて、飛んで来たんでさァ」

どうやら、与之助は天野の指示で、知らせにきたらしい。天野は、すでに牧造の殺された現場にむかっているのだろう。

「場所はどこだ」

今日も、奉行所には行けないようだ。

「清住町の大川端で」

「行くぞ」

隼人は、小走りに通りへ出た。慌てた様子で、庄助と与之助が追ってきた。

隼人たちは永代橋を渡って深川へ出ると、大川沿いの道を川上にむかって歩いた。

仙台堀にかかる上ノ橋を渡っていっとき歩くと、前方に清住町の町並が見えてきた。

「長月の旦那、あそこですぜ」

与之助が歩きながら前方を指差した。

川岸に人垣ができていた。近所の住人や通りすがりの者たちらしい。船頭らしい男、ぼてふり、風呂敷包みを背負った店者《たなもの》などが目に付いた。そうした人垣のなかに、八丁堀同心の姿もあった。天野である。天野は人垣のなかほどに立っていた。まわりには、岡っ引きらしい男たちが集まっている。

なかに、繁吉と利助の姿もあった。ふたりは、牧造が殺されたことを知って駆け付けたらしい。

人垣に近付くと、与之助が、

「前をあけてくんな！」

と、声を上げた。

その声で、集まっていた野次馬たちが左右に分かれ、道をあけた。隼人の身装《みなり》から八丁堀同心と知って、身を引いたのである。

「長月さん、ここへ」

天野が手を上げて呼んだ。

隼人は集まっている岡っ引きたちの間を抜けて、天野のそばに近寄った。

天野の足元に男がひとり仰臥《ぎょうが》していた。殺された牧造らしい。

……これは！

思わず、隼人は息を呑んだ。

叢《くさむら》のなかに横たわっている男の死顔は、凄絶だった。刀で頭を割られたらしい。頭頂から額にかけて、柘榴《ざくろ》のように割られ、どす黒い血が顔面をおおっていた。見開いた両眼がどす黒い血のなかに白く浮き上がったように見え、あんぐりあけた口から白い歯が覗《のぞ》いていた。

「真っ向への一太刀か」

そうつぶやいたとき、隼人の脳裏に、大川端で切っ先を合わせた中背の武士のことがよぎった。

……牧造を斬ったのは、あの男かもしれん。

と、隼人は思った。

中背の牢人が、隼人にふるった真っ向への斬撃は、膂力のこもった剛剣だった。あの一撃を真っ向へあびたら、この死骸《むくろ》のように頭を斬り割られるのではないかと思ったのである。

「長月さん、何か知れましたか」

天野が訊いた。隼人が黙したまま死体を凝視していたからであろう。

「はっきりしたことは分からないが、牧造を斬った下手人は、おれを襲った牢人かもしれん」

隼人が小声で言った。確証はなかったのである。

「やはり、口封じか」

天野によると、牧造は亀蔵の賭場を見張り、賭場がしまった後は深川へ連日足を運んで亀蔵の手下を洗い出していたという。

「亀蔵は用心深いな」

隼人は、用心深いというより異常な執念のようなものを感じた。徹底的に、町方の探索を封じようとしているのだ。

「ともかく、近所で聞き込んでみよう」

天野はそう言うと、集まっていた岡っ引きや下っ引きたちに界隈《かいわい》をまわって聞き込むよう命じた。

岡っ引きたちの動きはにぶかった。肩を落とし、重い足取りでその場から離れていく。どの顔にも、戸惑いと恐怖の色があった。

……まずいな。

と、隼人は思った。これでは、まともに聞き込みもできないだろう。

岡っ引きや下っ引きは、あきらかに怯えていた。探索にあたっていた利根造につづいて、牧造が殺されたのである。しかも、牧造の死顔は凄惨だった。その死顔を見れば、恐怖を覚えて当然である。

隼人が牧造のそばに立っていると、繁吉と利助が近付いてきた。

「旦那、あっしらも聞き込みにあたりやしょうか」

と、繁吉が小声で訊いた。

「いや、ふたりは曽根八とお富の筋を探ってくれ」

隼人が声をひそめて言うと、ふたりはちいさくうなずいてその場を離れていった。

2

繁吉と利助は、富ケ岡八幡宮の門前通りを歩いていた。陽気がいいせいもあって、門前通りは賑わっていた。大勢の参詣客や遊山客が行き交っている。

「このあたりだな」

繁吉が言った。

通りの右手にひろがる町並が、永代寺門前山本町である。

「まず、お富の居所をつかむことだ」

繁吉が歩きながら言うと、

「お富は、亀蔵の囲い者だったそうだな」

と、利助が訊いた。

「そうだ」

「妾《めかけ》を囲うような家は、表通りにはねえだろうな。通りから入った静かな所じゃァねえかな」

「そうだろうな」

「どうだ、手分けして捜したら」

「いいだろう。……こうしようじゃァねえか。九ツ（正午）の鐘が鳴ったら、一ノ鳥居のところで会うことにしよう」

繁吉が言った。

「分かった。昼めしを食いながら、探ってきたことを話せばいいな」

ふたりは、そう言い合って、その場で別れた。

利助と別れた繁吉は、料理屋の脇に路地があるのを目にして足をむけた。すこし、表通りから離れた場所で聞き込んでみようと思ったのである。

そこは裏路地で、小体な店や表長屋などがごてごてと軒を連ねていた。長屋の女房らしい女、盤台をかついだぼてふり、風呂敷包みを背負った行商人などが目につき、路地木戸の前では子供たちが群れて遊んでいた。どこででも見かける江戸の裏路地の光景である。

路地をしばらく歩くと、掘割に突き当たった。繁吉は堀沿いの道を右手にむかった。その道は、富ケ岡八幡宮の裏手の方へむかっている。右手に折れたのは道沿いに空き地や笹藪が増え、閑静な地に何軒かの仕舞屋《しもたや》が目についたからである。

繁吉は堀沿いの道を歩きながら小体な八百屋を目にし、話を聞いてみようと思って立ち寄った。

店の奥に置かれた漬物樽の前に、初老の男がいた。店の親爺らしい。

「ちょいと、すまねえ」

繁吉が声をかけると、

「いらっしゃい」

と言って、親爺は揉み手をしながら近寄ってきた。繁吉を客と思ったらしい。

繁吉は懐から巾着を取り出し、波銭をつまみ出して、

「ちょっと訊きてえことがあるのよ」

と言って、銭を親爺に握らせてやった。

「すまねえなァ」

親爺は銭を握りしめたまま目尻を下げた。

「もう十年ほど経つんだが、おれの知り合いにお富というい い女がいたのよ」

「へえ、それで……」

親爺の目に好奇の色が浮いた。繁吉の話に興味を持ったらしい。

「いろいろあってな。お富は、やくざ者に囲われて、この辺りに住んでたらしいんだ。おめえ、知らねえか」

繁吉はもっともらしい作り話をした。

「お富さんねえ」

親爺は首をひねった。

「やくざ者は、この辺で名の知れた親分の右腕だった男らしい。なんでも、背中に般若の入墨があったとか……」

繁吉は、あえて亀蔵の名を出さなかった。話をもっともらしくするためである。それに、亀蔵の名は出さなくても、般若の入墨を口にすれば、亀蔵だとすぐに分かるはずだ。

「か、亀蔵か……」

親爺の顔がこわ張り、怯えるように視線が揺れた。

「亀蔵ってえ名かい」

繁吉はとぼけた。

「おめえ、めったなことは口にしねえ方がいいぞ。亀蔵に睨《にら》まれたら、命はねえ」

親爺が声を震わせて言った。

「そんなに怖《こえ》え男かい」

「怖えも何も、亀蔵に殺された男は何人もいるそうだよ」

「そいつは怖え。……それで、お富が囲われてたのはこの辺りじゃァねえのかい」

さらに、繁吉が訊いた。

「名は知らねえが、この先に亀蔵の情婦《おんな》が住んでると聞いた覚えがあるな」

「いまもいるのかい」

お富かもしれない、と繁吉は思った。

「いや、いまはいねえ」

「いまは、どこにいるか知らねえか」

繁吉は、お富の行き先をつきとめたかった。

「冨岡橋のたもとちかくの飲み屋で、酌婦をやってるって聞いたぜ。……亀蔵に捨てられたらしいや」

親爺の口元に薄笑いが浮いた。

冨岡橋は、堀沿いを大川の方へ行った先にかかっている橋である。

「なんてえ店だい」

繁吉は行ってみようと思った。

「名は知らねえが、行けば分かるんじゃァねえかい。あの辺りに、他に飲み屋はねえからな」

そう言うと、親爺は繁吉から離れたい素振りを見せた。店先で、長屋の女房らしい女が足をとめたからである。

「邪魔したな」

繁吉は八百屋から出た。

堀沿いの道へ出ると、大川の方へ足をむけた。ともかく、お富のいる飲み屋をつきとめようと思ったのである。

掘割にかかる冨岡橋のたもとに飲み屋があった。思ったより大きな店で、二階もあった。二階は座敷になっているのかもしれない。まだ、暖簾は出ていなかった。昼前なので、店をあけるのはこれからなのだろう。

近所の店屋で訊いてみると、店の名は冨岡屋というらしい。冨岡橋からとった名のようだ。冨岡屋は酒を飲ませるだけでなく、客が望めば二階で女を抱かせるという。二階はそのための座敷らしかった。それとなく、お富という名の女がいるかと訊くと、いる、とのことだった。

……ともかく、店がひらいてからだな。

繁吉は門前通りに足をむけた。店がひらかないことには、お富の顔を見ることもできない。それに、そろそろ昼である。

3

繁吉と利助は、一ノ鳥居の近くのそば屋へ入った。追い込みの座敷の隅に腰を下ろし、小女《こおんな》にそばと酒を頼んだ。

とどいた酒で喉をうるおした後、

「まず、おれからだな」

そう言い置いて、繁吉が冨岡屋にお富がいるらしいことを話した。

「おれも、冨岡屋のことは聞いたぜ」

利助が言い添えた。

「冨岡屋のあるじは米次郎《よねじろう》という名で、亀蔵の息がかかっている男らしいぞ」

そう言って、利助が膳の杯に手を伸ばした。

「すると、お富は亀蔵に捨てられた後も、冨岡屋で女郎のように客をとらされているのかもしれねえな」

「おれもそうみたぜ」

「どうだい、冨岡屋がひらいたら、覗いてみるかい」

繁吉が目をひからせて言った。

「お富から話を聞くのかい」

利助が身を乗り出すようにして言った。

「そいつはむずかしい。下手にお富を呼んで、話を聞いたりすれば、おれたちが亀蔵を探りにきたと気付かれるぜ」

「そうだな」

「今日のところは、一杯やりながら店の様子を見るだけにしようぜ。……まず、お富と米次郎の顔を拝んでおこうじゃァねえか」

「長月の旦那に話してから、次の手を打ってもいいからな」

ふたりは、そんなやり取りをしながら、酔わない程度に酒を飲み、そばで腹ごしらえをしてから店を出た。

繁吉と利助が冨岡屋の暖簾をくぐったのは、七ツ（午後四時）ごろだった。まだ、陽射しは強かったが、店のなかは薄暗かった。どんよりとした大気のなかに、酒と脂粉の匂いがした。

土間の先に追い込みの座敷があり、屏風《びょうぶ》で間仕切りがしてあった。その座敷の脇に奥へつづく廊下があり、廊下の突き当たりが二階へ上がる階段になっていた。

追い込みの座敷に、客が三人いた。職人らしい男がふたり、牢人がひとり、別の席で飲んでいた。酌婦がそれぞれの席に、ひとりずつついている。飲み屋といっても、女郎屋のような雰囲気がある。

「いらっしゃい」

女の声がし、首を白く塗りたくった年増が廊下の先から出てきた。酌婦であろう。

「酒を頼まァ」

繁吉が追い込みの座敷の隅に足を運びながら言った。

「だれか、呼んでほしい女《ひと》はいるのかい」

年増が、繁吉に身を寄せて小声で訊いた。

面長で、目の細い女だった。痩せていて、首が妙に細く見える。

「いねえよ。この店は初めてだ」

繁吉が言うと、

「酌は姐《ねえ》さんに頼むぜ」

と、利助が言い添えた。

「あたしはお浜《はま》、よろしくね」

お浜は襟元を指先でつまんで媚態をつくると、繁吉と利助を隅の席に連れていった。

お浜の酌でいっとき飲んでから、

「この店は、姐さんのように酌をしてくれる女は、何人いるんだい」

と、繁吉が訊いた。

「五人だよ。……兄さんさえその気なら、酒より楽しいこともあるんだよ」

お浜は含み笑いを洩らしながら、肩先を繁吉の胸に押しつけるようにした。左手は、利助の手を握っている。なかなかの手管である。男の扱いに慣れているらしい。

「まァ、飲んでからだな」

そう言って、繁吉が膳の杯に手を伸ばしたときだった。

戸口で何人もの足音がし、数人の男が入ってきた。大工たちであろうか。揃いの印半纏に股引姿だった。普請が終わったのか、棟上げの日なのか。仕事を早目に切り上げて、繰り出してきたらしい。

「旦那はいるかい」

年配の男が声をかけた。棟梁かもしれない。

すると、廊下を歩く足音がし、旦那ふうの男が出てきた。黒の羽織に子持縞《こもちじま》の小袖。渋い海老茶の角帯をしめている。痩身で、すこし背がまがっていた。

男は愛想笑いを浮かべながら年配の男に近付くと、「棟梁、お久し振りで」と声をかけた。やはり大工の棟梁のようだ。馴染《なじ》みなのかもしれない。

「あれが、この店の旦那かい」

繁吉が小声で訊いた。

「ええ、うちの旦那ですよ」

お浜が、銚子を手にして小声で言った。

「なんてえ名だい」

「米次郎の旦那」

そのとき、棟梁が、「酌を頼みてえんだがな、三人ほど呼んでもらえるかい」と米次郎に声をかけた。

すると、米次郎が、「はい、はい、お峰《みね》さん、おせんさん、おはつさん」と三人の女を呼んだ。

その声で、ふたり連れの職人らしい客についていた酌婦のひとりと、牢人についていたひとりが立ち上がった。もうひとりは奥の座敷にいるらしく、返事だけが聞こえた。

「お浜、おはつという女がいるのかい」

繁吉の胸に、曽根八の情婦のおはつのことがよぎったのだ。

「いま、立った女《ひと》、ほっそりしているのが、おはつさん」

お浜が、職人ふうのふたりについていた女を指差した。色白の年増である。面長で、鼻筋のとおった美形だった。

「この店に長いのかい」

「まだ、来たばかりですよ。……兄さん、おはつさんを知ってるのかい」

お浜が怪訝な顔をして訊いた。

「いや、おれのむかしの女が、おはつってえ名だったんだ」

咄嗟に、繁吉が言いつくろった。

「兄さんのいい女《ひと》じゃァないね。おはつさん、つい最近まで、小料理屋の女将をやってたんですからね」

「…………！」

曽根八の情婦のおはつだ！　と、繁吉は確信した。桔梗屋から姿を消したおはつは、ここに来ていたようだ。

利助もすぐに、おはつが曽根八の情婦だと分かったらしく、目をひからせてうなずいた。

それから、繁吉と利助は、一刻（二時間）ほど、お浜を相手に酒を飲んだ。その話のなかで、お浜は曽根八の名こそ口にしなかったが、おはつの旦那が店に来ることがあることを臭わせた。

……曽根八も、この店とつながっていたようだ。

と、繁吉は思った。

それからしばらくして、繁吉と利助が腰を上げると、お浜は、二階で遊んでいけ、としきりに誘ったが、

「また、ちかいうちに来るぜ」

と言い置いて、ふたりは冨岡屋を出た。

聞き込みは無駄ではなかった。お富が、冨岡屋にいるかどうかははっきりしなかったが、おはつがいることが知れたのだ。

店の外は夜陰につつまれていた。通り筋の家々から、淡い灯の色が洩れている。ふたりは、足早に表通りへむかった。

「どうする?」

利助が歩きながら訊いた。

「ともかく、長月の旦那に知らせよう」

繁吉は、隼人の判断にまかせようと思った。

4

「冨岡屋か……」

繁吉と利助から話を聞いた隼人は、低い声でつぶやいた。

八丁堀の組屋敷の縁先だった。隼人の出仕前に繁吉たちが訪ねてきて、冨岡屋で探ったことを一通り話したのだ。

「旦那、どうしやす」

繁吉が訊いた。

「あるじの米次郎も、曽根八や亀蔵とつながっているようだな」

「あっしらもそうみてやす」

「ならば、米次郎かおはつを捕らえて吐かせる手もあるな」

隼人はそう言った後、口をつぐんだまま虚空に視線をとめて黙考していたが、

「だが、冨岡屋に踏み込んでふたりを捕ることはできねえ。大騒ぎになって、それこそ、曽根八も亀蔵も姿をくらましてしまうだろうよ」

「…………」

繁吉と利助が、そろってうなずいた。

「利助、繁吉、しばらく冨岡屋を張ってくれ。米次郎か曽根八が店から出たら、跡を尾けて行き先をつきとめろ。大物が出てくるかもしれねえぞ」

隼人は、米次郎か曽根八が亀蔵と接触するのではないかと思ったのである。

「へい」

利助が声を上げた。繁吉もうなずいている。

「気付かれるなよ。利根造や牧造の二の舞いになるぞ」

隼人が念を押すように言うと、繁吉と利助がけわしい顔をしてうなずいた。

三日後の朝、ふたたび繁吉と利助が、八丁堀の隼人の家に姿を見せた。隼人はふたりを縁先にまわして話を聞くことにした。家のなかより、縁先の方が話がしやすかっ

たのである。

「何か、知れたか」

すぐに、隼人が訊いた。

「曽根八は姿を見せやせん。……米次郎の塒は、知れたんですがね」

繁吉が言った。

「冨岡屋ではないのか」

「冨岡屋にいることが多いんですが、伊沢町に別の家を持ってやしてね。そこに、女房がいるようでさァ」

繁吉が言うと、

「旦那、米次郎は一日置きに、女房の家に帰《けえ》るようですぜ」

と、利助が言い添えた。

深川伊沢町は冨岡橋のたもとから近かった。掘割沿いの道を大川方面に歩けば、すぐに伊沢町に出る。

ふたりの話によると、店を出る米次郎を尾けて伊沢町の家をつきとめたという。

「米次郎が冨岡屋を出るのは、何時《なんどき》ごろだ」

「店が一段落してからだから、子《ね》ノ刻（午前零時）ちかいのかもしれやせんぜ」

利助が言った。

繁吉に代わって利助が話したことによると、一昨日《おととい》、利助たちは冨岡屋が店をしめるまで見張ろうと腹を決め、夜更けに米次郎が店を出るのを待って跡を尾けたそうだ。

その夜、米次郎が伊沢町の家に入ったのを見とどけ、翌朝、利助たちはあらためて伊沢町へ出かけた。そして、家に住んでいる女が、米次郎の女房であることをつかんだという。

「店を出るのは、米次郎ひとりか」

隼人が低い声で訊いた。

「一昨日は、店の若い衆に提灯を持たせていやした」

「若い衆、ひとりか」

「へい」

「米次郎を捕れそうだな」

隼人が低い声で言った。

米次郎が、夜更けに店を出るのは都合がよかった。しかも、堀沿いの道を通るという。寝静まったとき捕らえれば目撃されずに済むし、米次郎を大番屋へ連れていくのにも都合がいい。舟で、大番屋近くまで連れていくことができるのだ。

「いつやりやす？」

繁吉が訊いた。

「明日の夜だ。……もっとも、米次郎が店から出なければ、明後日《あさって》ということになるな」

米次郎が店を出てから、深川へ向かったのでは手遅れである。米次郎が姿を見せるまで、二晩でも三晩でも出かけねばならない、と隼人は思った。ただ、一日置きに女房の家に帰るそうなので、何度も伊沢町に出かけることはないだろう。

「繁吉、明日の晩、舟を用意してくれ。米次郎の帰り道で、待ち伏せする」

隼人が言った。

「承知しやした」

繁吉が言い、利助もうなずいた。

翌日、夜が更けてから、隼人は南茅場町の鎧ノ渡しの桟橋から繁吉の漕《こ》ぐ舟に乗り込んだ。

舟には、隼人、繁吉、利助、綾次の四人が乗っていた。隼人をはじめ利助たち三人も、闇に溶ける黒っぽい装束に身をつつんでいた。これから、米次郎を捕らえるために伊沢町に向かうのだ。

舟は日本橋川を下って大川へ出ると、水押《みお》しを対岸の深川へむけた。大川を横切るのである。

満天の星で、上空には十六夜《いざよい》の月が皓々《こうこう》とかがやいていた。日中は猪牙舟、屋根船、屋形船、艀などが行き交っているのだが、いまは船影もなく、黒ずんだ川面が江戸湊《えどみなと》の海原までつづき、海原と夜の空が彼方の深い闇に呑まれている。

水押しの分ける水飛沫が月光を映じて銀色《しろがねいろ》にかがやき、耳を聾《ろう》するほどの水音をたてていた。

舟は黒い川面を切り裂きながら、深川へ向かっていく。繁吉の舟をあやつる腕は確かだった。長年、船宿の船頭をしていただけのことはある。

深川の黒い陸地が水押しの先に迫ってきたとき、

「油堀《あぶらぼり》に入りやすぜ《へえ》」

繁吉が声をかけ、油堀にかかる下ノ橋に水押しをむけた。

油堀に入ると、急に水音が静かになった。おだやかな水面を、舟は滑るように進んでいく。

堀の両側の家並は夜の帳《とばり》につつまれ、ひっそりと寝静まっている。堀沿いの通りにも、まったく人影はなかった。

繋吉は千鳥橋をくぐったところで、水押しを右手にむけた。そこは掘割が交差していたのだ。

右手に入っていっとき進んだところで、繋吉は左手にあった船寄に舟を寄せた。左手にひろがっている家並が、伊沢町である。

繋吉は船縁《ふなべり》を船寄に付けると、

「下りてくだせえ」

と、声をかけた。

隼人たちは、舟から船寄に跳び下りた。つづいて、繋吉も舫い杭に綱をかけてから下りてきた。

「こっちでさァ」

利助が先に立って、船寄から短い石段を上がって堀沿いの道へ出た。

「米次郎は、この道を通って女房のいる家へ帰《けえ》りやす」

利助が、道の端に立って言った。

隼人は道の左右に目をやった。そこは寂しい通りで、小体な店や仕舞屋などが点在していたが、空き地や笹藪なども目についた。身を隠す場所はいくらでもあったが、ほとんど人が通らないようなので、物陰に身を隠すこともないと思った。

「どうだ、石段に腰を下ろして待ったら」

船寄につづく石段に腰を下ろせば、堀沿いの道をひとが通っても見えないはずだ。それで、十分身を隠せるだろう。

「そうしやしょう」

隼人たち四人は、並んで石段に腰を下ろした。

まだ、四ツ（午後十時）ごろだった。しばらく、米次郎は姿を見せないだろう。それに、米次郎は冨岡屋に泊まるかもしれないのだ。いずれにしろ、今夜は長丁場になるはずである。

5

静かだった。油堀の水面が月光を映じて、銀色にひかりながら揺れていた。汀に寄せるさざ波が、ちゃぷ、ちゃぷと嬰児が戯れているような音をたてている。

隼人たちがその場に腰を下ろして、半刻（一時間）ほど過ぎた。まだ、米次郎は姿を見せない。

「利助、米次郎が家へ帰るのに別の道を使うことはないのか」

隼人が訊いた。

「別の道もあるでしょうが、遠まわりになるはずですぜ」

「それなら、ここを通るはずだな」

「旦那、ちょいと、見てきやすよ」

そう言って、利助が立ち上がると、

「あっしも」

綾次も立ち上がった。

「気付かれるなよ」

隼人は、石段に腰を下ろしたまま利助と綾次の背に声をかけた。

利助たちがその場を離れて半刻（一時間）ほど過ぎた。そろそろ子ノ刻（午前零時）になるだろう。まだ、利助も米次郎たちも姿を見せなかった。

「今日は、来ないかな」

隼人がそうつぶやいて立ち上がり、通りの先に目をやると、黒い人影が見えた。ふたり。走ってくるらしい。

「利助たちですぜ」

隼人につづいて立ち上がった繁吉が言った。

利助と綾次は隼人たちのそばに駆け寄ると、

「だ、旦那、米次郎が来やすぜ！」

と、利助が荒い息を吐きながら言った。

「来たか！」

待った甲斐があった、と隼人は思った。

「それで、何人だ」

「米次郎と若い衆だけでさァ」

若い衆が、提灯を持っているという。

「よし、手筈どおりだ」

隼人は、すばやく堀沿いの道へ出て笹藪の陰に身を隠した。繁吉がすぐ近くに隠れ、利助と綾次は、十間ほど先に身を隠した。念のために、利助たちふたりは、米次郎の背後にまわり、逃げ道をふさぐのである。

道の先に提灯の灯《ひ》が見えた。かすかに、下駄の音も聞こえる。提灯の灯に浮かび上がった人影はふたつだった。米次郎と若い衆であろう。

しだいに提灯の灯が、近付いてきた。話し声も聞こえた。米次郎と若い衆の声だが、何を話しているかは聞き取れなかった。

隼人は刀を抜き、峰に返した。斬らずに、峰打ちにするつもりだった。繁吉も十手を取り出し、睨むように提灯の灯を見つめている。

提灯の灯が、十間ほどに迫ってきた。

「行くぞ」

小声で言って、隼人は笹藪の陰から通りへ出た。繁吉がつづく。

ふいに、話し声がやみ、提灯の灯がとまった。その灯のなかに、米次郎の赤らんだ顔が浮かび上がっている。

「だ、だれでえ！」

若い衆が、甲走った声を上げた。

隼人は八相に構え、無言のまま小走りに米次郎に迫った。刀身が月光を反射《はね》て銀色にひかり、闇を切り裂いていく。

「ひ、ひと殺しィ！」

米次郎がひき攣《つ》ったような声を上げ、反転して逃げようとした。だが、米次郎は凍りついたようにその場につっ立った。すぐ後ろに、十手を手にした利助と綾次が立っていたのである。

「と、捕方……」

米次郎が声を震わせて言った。利助たちの手にした十手を目にしたらしい。

隼人は、すばやい動きで米次郎の脇へまわり込んだ。

ワアアッ！

悲鳴を上げて、米次郎が駆けだそうとした。

瞬間、隼人の刀身が一閃《いっせん》した。

ドスッ、という皮肉を打つにぶい音がし、米次郎の上体が折れたように前にかしいだ。隼人の一撃が、脇から米次郎の腹を強打したのだ。

米次郎は腹を押さえてよろめいた。だが、すぐに足がとまり、膝を折ってうずくまった。米次郎は腹を両手で押さえて、苦しげな呻《うめ》き声を上げた。隼人の峰打ちで肋骨が折れたのかもしれない。

「利助、捕れ！」

隼人が声を上げると、利助と綾次が駆け寄ってきた。

隼人は若い衆に目を転じた。逃げられると面倒だと思ったのである。

繁吉が十手を若い衆にむけていた。若い衆は、提灯を手にしたまま身を顫わせていた。提灯の灯が笑うようにゆらゆら揺れている。若い衆は身がすくんで、逃げることもできないようだった。

隼人は若い衆に近付くと首筋に刀身を当てて、

「動くと斬るぞ」

と、低い声で言った。

「た、助けて……」

若い衆は腰から沈むように尻餅《しりもち》をついた。

すると、繁吉が懐から細引を取り出し、若い衆の両腕を後ろに取って早縄をかけた。なかなか手際がいい。

「繁吉、声を上げると面倒だ。猿轡《さるぐつわ》をかましてくれ」

「へい」

すぐに、繁吉が手ぬぐいを取り出し、若い衆に猿轡をかませた。

一方、利助と綾次は米次郎に猿轡をかませ、後ろ手に縛り上げていた。

「引っ立てろ」

隼人は、捕らえたふたりを南茅場町にある大番屋に連れていって、口を割らせるつもりだった。

6

　南茅場町の大番屋は仮牢もあり、調べ番屋とも呼ばれていた。米次郎と若い衆を捕らえた翌朝、隼人は大番屋の吟味の場に、まず若い衆を引き出した。若い衆は、すぐに口を割るとみたのである。

　若い衆は後ろ手に縛られたまま、土間に敷いた筵《むしろ》の上に引き出された。脇に、繁吉と利助が立っている。

　隼人は一段高い座敷から、

「おまえの名は？」

と、訊いた。重いひびきのある声である。

「い、伊平《いへい》で……」

　伊平は震えを帯びた声で言った。顔は、紙のように蒼ざめている。

「米次郎の手先か」

「あっしは、冨岡屋で働いているだけでさァ」

　伊平が肩をすぼめて言った。

「そうか。では、訊く。ちかごろ、冨岡屋におはつという女が酌婦として働いているな」

「へえ……」

伊平の目に隼人の胸の内を探るような色があった。隼人が何を訊こうとしているのか、分からなかったからであろう。

「おはつの家は、どこか知っているか」

「知りやせん」

すぐに、伊平が答えた。

「そうか、知らぬか。では、おはつの旦那は？」

「し、知らねえ」

伊平の顔がこわばり、声が震えた。

「伊平、おれの名を知っているか」

隼人の語気が急に強くなった。

「へい、長月さまで」

伊平が小声で言った。

「おまえたちの間では、八丁堀の鬼とか鬼隼人とか呼ばれているはずだぞ」

「………！」

伊平の顔から血の気が引き、体の震えが激しくなった。

「なぜ、そう呼ばれているか、知っているか。下手人を情け容赦なく斬り殺すだけでなく、地獄の拷問《せめ》で、咎人《とがにん》の口を割らせるからだ。伊平、おれの拷問にどこまで耐えられるか試してみるか」

隼人はそう言うと、かたわらに置いてあった兼定を手にして抜き、土間へ下りた。そして、切っ先を座している伊平の左の太腿《ふともも》に当て、

「まず、腿をえぐるか」

そう言って、切っ先を太腿に一寸ほど突き刺した。

ギャッ、と悲鳴を上げ、伊平が激しく身をよじった。太腿から血が噴き、格子縞の小袖を赤く染めていく。

「このまま、足を斬り落とすぞ」

隼人がさらに刀を突き刺すと、

「は、話す……」

と、ひき攣《つ》ったような声で言った。

……あっけないな。

隼人は胸の内でつぶやいた。まだ、傷はわずかである。隼人のみたとおり、性根のある男ではないようだ。

「初めからそう言えば、刀など抜かずに済んだものを」

隼人は懐紙で刀身の血を拭いて納刀した。

「では、あらためて訊く。おはつの旦那は？」

「そ、曽根八の旦那で」

「曽根八が、蛤町の小料理屋でおはつといっしょに住んでいたのは、先刻承知のうえなのだ」

隼人がそう言うと、伊平の顔に驚いたような表情が浮いた。町方が、そこまでつかんでいるとは思わなかったのだろう。

「それで、おはつはいまも曽根八と住んでいるのだな」

「そのようで……」

「おはつの塒は？」

隼人は、できるだけおはつの名を出して訊いた。探っているのは、曽根八ではなく、おはつと思わせるためだ。伊平が、曽根八のことをしゃべりやすくするためである。

「行ったこたァねえが、伊勢崎町の借家だと聞いていやす」

「伊勢崎町のどの辺りだ」

伊勢崎町は、仙台堀沿いにひろがっている。

「海辺橋のたもと近くだと聞きやした」

「うむ……」

それだけ分かれば、つきとめられるだろう、と隼人は思った。

「ところで、曽根八は冨岡屋へ来て、米次郎と話すことがあるな」

「へえ……」

伊平が曖昧《あいまい》に答えた。

「米次郎は、曽根八の弟分ではないのか」

隼人の推測だが、まちがいないような気がした。

「そのようで」

伊平が小声で言った。

「ところで、冨岡屋に武士が来ることがあるだろう」

「ときおり、お侍も来やすが」

「三人いっしょに来ることはないか。そのうちひとりは、牢人だ」

隼人は、聞き方が曖昧だと思ったが、他に訊きようがなかったのだ。

「三人いっしょに、見えたときもありやすが……」

伊平は訝しそうな顔をした。隼人が何を訊きたがっているのか、分からなかったのだろう。

「殺しを金ずくでやっているような連中だ」

隼人は、思いきってそう訊いた。

「……分からねえ」

伊平は首をひねった。どうやら、隼人たちを襲った三人の武士のことは知らないようだ。伊平は、まだ三下なのだろう。

「ところで、亀蔵という親分を知ってるな」

隼人が声をあらため、伊平を睨むように見すえて訊いた。

「な、名を聞いたことは、ありやすが……」

伊平の顔から、血の気が引いた。肩先が小刻みに震えている。

「亀蔵の塒はどこだ」

「し、知らねえ。嘘じゃァねえ。おれは、亀蔵親分の顔を見たこともねえんだ」

伊平がむきになって言った。

「うむ……」

隼人には、伊平が嘘を言っているように見えなかった。それに、伊平のような三下が亀蔵の塒を知っているなら、深川を探った岡っ引きたちが、すでに突きとめているだろう。

それから、隼人は亀蔵の情婦や賭場を仕切っていた代貸のことなどを訊いたが、探索の役に立つようなことは聞けなかった。ただ、代貸は磯五郎《いそごろう》という名で、ときおり冨岡屋にも来ていたことが分かった。どうやら、冨岡屋は亀蔵の主だった子分たちの談合の場にもなっているようだ。

伊平につづいて、米次郎が吟味の場に引き出された。米次郎は恐怖に顔をゆがめ、小刻みに身を顫わせていた。肩を落とし、顔を伏せている。米次郎も、それほど性根の据わった男ではないようだ。

「冨岡屋米次郎、面《おもて》を上げろ」

隼人が強い口調で言うと、米次郎は顔をすこし上げて上目遣いに隼人を見た。

「では、訊く。南の御番所の横山どのを斬った三人の武士の名から話してもらおうか」

「て、てまえは、知りません」

米次郎が震えを帯びた声で言った。

「米次郎、すでに、あらかたの調べは終わっているのだ。ご用聞きが丹念に探ったのでな。それに、おまえの手先からも、じっくり話を聞かせてもらってある」

隼人は、伊平の名は口にしなかったが、すでに伊平がすべて吐いていることを臭わせた。米次郎が白を切っても意味がないことを知らせるためである。

「………！」

米次郎の顔に困惑したような表情が浮いた。

「三人は御用聞きたちを斬ったし、おれまで襲ったのだ。なんとしても、三人を捕らえねばならぬ」

隼人はさらに語気を強めた。町方の主な狙いが三人の武士であることを臭わせて、米次郎の口を割ろうとしたのだ。

そのとき、利助が手にした十手を米次郎の肩先に当てて、

「さァ、申し上げな」

と、低い声で言った。話さなければ、十手でたたくことを示し、米次郎に拷問をしてでも口を割らせることを知らせたのだ。

「三人の名は」

隼人が訊いた。

「ふ、深沢《ふかざわ》さま、豊川《とよかわ》さま、それに石神《いしがみ》さまで……」

米次郎が話したことによると、深沢孫一郎《まごいちろう》は御家人、豊川源太夫《げんだゆう》は町道場の師範代、石神市兵衛《いしがみいちべえ》は牢人だという。また、体軀も分かった。深沢が痩身、豊川は大柄、石神

は中背だという。

……あの剛剣の主は、石神市兵衛か。

隼人の脳裏に、上段に構えた武士の姿がよぎった。

「三人の住処《すみか》を話してもらうか」

「深沢さまのお屋敷は、下谷の一乗院の裏手だと聞いてますが、てまえは行ったことはありません」

「下谷か」

隼人は下谷に一乗院という寺があることを知っていた。深沢の屋敷は、すぐに突きとめられるだろう。

「豊川の家は」

さらに、隼人が訊いた。

「豊川さまは、馬喰町《ばくろちょう》の馬場の近くだそうで……。借家のようです」

「町道場の名は？」

「さァ……。そこまでは知りませんが」

「石神の塒は？」

「いまは、どこにいるか……」

米次郎が首をひねった。

石神は賭場のあった東仲町の近くの借家に住んでいたが、賭場をとじる前に借家を出ていまはどこに住んでいるか知らないという。

「では、どうやって石神と連絡をとっているのだ」

「てまえは、連絡などとりません」

「石神たちと会っているのは、曽根八だな」

「そうです」

米次郎が小声で言った。

隼人が、曽根八の塒を訊くと、蛤町の桔梗屋の近くの借家だという。

「ところで、石神という男は牢人だそうだが、何をして暮らしをたてていたのだ」

隼人は、石神の素姓を知りたかった。

「何をしていたか知りませんが、江戸へ出てきたのは、五年ほど前だと聞いていますが」

「それまでは、どこにいたのだ」

「生まれは上州で、街道を流れ歩いていたようです。宿場の親分の用心棒をしていたことがあると言ってました」

「上州な」

どうやら、街道筋を流れて歩いていたらしい。大名家に仕えていた武士ではなく、出自は郷士かもしれない。

「剣はどこで修行したと聞いている」

「上州の道場だと言ってましたが」

……馬庭念流《まにわねんりゅう》かもしれん。

上州の剣といえば、馬庭念流である。実戦本位の荒っぽい剣だと聞いていた。馬庭念流に兜割りという技があるかどうか知らないが、馬庭念流から出たものであろう。

「さて、次は亀蔵の隠れ家だ。……話してもらおうか」

隼人が米次郎を見すえて言った。

「て、てまえは、親分がどこに住んでいるか知りません」

米次郎が声を震わせて言った。

「知らないだと。おまえが、知らないはずはあるまい」

「そ、それが、親分は用心深いお方で、滅多に姿を見せませんし、てまえたちを呼ぶときも、門前通りの料理屋や料理茶屋を使いますので……」

「だれが、呼びにくるのだ」

「親分の身近にいる七兵衛《しちべえ》で」

米次郎によると、七兵衛は還暦にちかい老齢で長年亀蔵の手先として同じ屋根の下に暮らしているという。

「情婦《おんな》がいるな」

亀蔵には、お富という情婦がいると繁吉から聞いていた。

「おります。お富という名で、料理屋の女将をしてましたが、数年前にやめてしまいました」

その料理屋も、いまはないという。

「うむ……」

隼人は、米次郎の話に嘘はないと思った。

第四章　三人の武士

1

「どうぞ、粗茶ですけど」

おたえが、天野の膝先に茶を出した。

長月家の居間である。四ツ（午前十時）ごろだった。天野が奉行所に出仕後、巡視の途中で立ち寄ったのだ。

おたえは、隼人の脇にも湯飲みを置くと、そのまま座して天野に意味ありそうな目をむけ、

「天野さま、ちかごろ、おゆきさんとお話しなさいましたか」

と、小声で訊いた。

「い、いや、話はしませんが」

天野が口ごもった。顔がすこし赤らんでいる。

おゆきは、八丁堀の組屋敷に住む関口《せきぐち》家の娘だった。おゆきの兄の関口洋之助《ようのすけ》は天野と同じ定廻り同心だったが、天野とともに下手人を捕らえに出向き、腕の立つ牢人に斬殺されてしまったのだ。その後、天野と隼人は力を合わせて下手人を捕らえるとともに、おゆきと弟の竜之助《たつのすけ》に助勢して兄の敵を討たせてやった。そうした闘いのなかで、天野とおゆきは心を通じ合うようになったのである。

その後、関口家は弟の竜之助が家を継ぎ、見習い同心として出仕することができた。次はいよいよ天野とおゆきの祝儀であろうと、隼人もおたえも胸の内で思っていたのだ。

「あまり、引き伸ばさない方がいいですよ。おゆきさん、待ちくたびれて、気が変わらないともかぎりませんからね」

おたえが、もっともらしい顔をして言った。おたえは、隼人といっしょになって三年も経つので、同心の妻としては先輩のつもりなのだろう。

「そ、そのうちに……」

さらに、天野が顔を赤くして言った。

「おたえ」

隼人が声をかけた。

「その話は、後にしてくれ。天野と大事な話があるのだ」

おたえは、隼人に顔をむけ、首をすくめるように頭を下げてから、

「気が付きませんでした。……何かあったら、声をかけてくださいね」

と言い残し、慌てて腰を上げた。

おたえが座敷から出ていくと、

「まったく、お節介焼きなんだから。……天野、それで、深沢の屋敷は分かったのか」

隼人が声をあらためて訊いた。

隼人は伊平と米次郎を吟味した後、天野に会い、ふたりが白状したことを天野に話した。そして、天野が深沢孫一郎の住居《すまい》をつきとめることになっていたのだ。

隼人が天野に話してから三日経っていた。天野は、その後の探索の様子を話すために隼人の家に立ち寄ったのである。

「深沢の屋敷は知れました。それに、豊川とのつながりも」

天野は、深沢の屋敷の近くで聞き込んだことを話した。

深沢は五十石の御家人で非役だという。暇をもてあまし、屋敷にいないことが多いそうだ。どうやって金を工面しているのか知れないが、柳橋や深川などへ頻繁に出か

け、料理屋や遊女屋に出入りしているという。

「金は、亀蔵から出ているのではないかな。……用心棒代だ」

隼人が言った。

「わたしも、そうみました」

「豊川とのかかわりは？」

「一刀流の道場で、同門だったようです」

天野によると、深沢と豊川は馬喰町にある館山甚三郎《たてやまじんざぶろう》の道場で同門だったそうだ。

館山は中西派一刀流を修行し、馬喰町に道場をひらいたという。なお、豊川は三年ほど前まで、館山道場の師範代をしていたそうだが、酒癖が悪く、館山から道場への出入りを禁じられ、その後、道場との縁は切れたという。

「それで、豊川の住居も知れたのか」

隼人が訊いた。

「はい、馬喰町の馬場のちかくにある借家住まいです」

「手が早いな」

「いえ、長月さんが聞き出してくれたので、確かめただけです」

「ふたりを泳がせておく手もあるが、早く始末した方がいいかもしれんな」

隼人は、日を置くと、深沢たち三人はもとより亀蔵や曽根八も姿を消すのではないかと思った。それというのも、米次郎と伊平の捕縛は秘密にしてあったが、いずれ深沢や亀蔵たちの耳に入るだろう。米次郎たちが捕らえられたことを知れば、自分たちの隠れ家が町方に知れたとみて、隠れ家を変えるか、深川から姿を消すかするはずである。そうなると、あらためて、深沢や亀蔵の行方を捜さねばならなくなる。

「ですが、まだ、肝心の亀蔵の居所がしれませんよ」

天野が言った。

「石神市兵衛もな」

隼人は三人の武士のなかで、石神が一番の遣い手とみていた。しかも、石神には平気で人を斬る残忍さがある。

このままにすれば、さらに探索に当たっている岡っ引きを狙ってくるだろう。岡っ引きだけでなく、天野や隼人自身も襲われる恐れがあった。

「天野、敵の手を封じるためにも豊川と深沢を斬ろう。……それに、曽根八の塒はつかんである。曽根八を尾ければ、亀蔵や石神の隠れ家がつかめるかもしれん」

曽根八の塒をつかんだのは、繁吉と利助だった。もっとも、米次郎が、曽根八の塒は桔梗屋の近くの借家だと吐いていたので、それほどの手間はかからなかったのだ。

すでに、繁吉と利助が、曽根八の住む借家の近くに張り込んでいる。

　隼人がそのことを話すと、

「分かりました。深沢と豊川を斬りましょう」

　天野は、すぐに同意した。

　深沢は御家人だった。町方が捕らえて吟味することはできない。ただ、町方同心を襲った下手人を追いつめたが、刀をふるって歯向かったため、やむなく斬ったことにすれば、隼人たちが咎《とが》められるようなことはない。豊川も、歯向かったために斬ったことにすれば、問題はなかった。

「ところで、横山さんの具合はどうだ」

　隼人が天野に訊いた。

「だいぶ、よくなりましてね。巡視には出てますよ」

　天野によると、横山の肩口の傷はふさがり、ふだんと変わりなく動いているという。

「横山さんが望めばの話だが、深沢と豊川を始末するさいに手を貸してもらうか」

　隼人は、ひとりひとり始末するなら、天野とふたりだけで十分だと思ったが、横山の顔をたててやりたかったのだ。

　横山が自分に深手を負わせた一味のひとりでも始末すれば、町方同心としての顔は立つし、今後も、定廻り同心として睨みが利くだろう。

「わたしが、話してみますよ」

天野が言った。

「そうしてくれ」

隼人は、膝脇にあった湯飲みに手を伸ばした。茶は冷めてしまっている。

2

陽が家並の向こうに沈みかけていた。夕日が、小身の旗本や武家屋敷のつづく通りを淡い蜜柑色に染めていた。風のない静かな雀色時《すずめいろどき》である。

隼人、天野、横山の三人は、一乗院の裏手にある武家屋敷の築地塀《ついじべい》の陰にいた。斜向かいに、板塀をめぐらせた小体な屋敷があった。深沢孫一郎の屋敷である。三人は、深沢を討つために、この場に来ていたのだ。

深沢家の板塀の陰に、小者の庄助と与之助がいた。隼人と天野は、岡っ引きたちにも知られないようふたりの小者に深沢家を見張らせておいたのだ。そして、今日の昼過ぎ、与之助から、深沢は家にいる、との連絡があり、三人で出かけてきたのである。

隼人たち三人は八丁堀同心の格好ではなく、小袖に袴姿で来ていた。通りすがりの者や深沢家の近所の住人に、町方同心と知られたくなかったのだ。

「まず、横山さんに、一味のひとりかどうか見てもらうつもりだ」

隼人が横山に言った。

隼人は横山に会ったとき、深沢が三人のうちのひとりらしい、と話した後、まちがいないか、横山さんの目で見てくれ、と頼んだ。横山は三人の体軀を見ていたので、それらしいことぐらいは分かるだろう。それに、隼人たちが頼めば、横山も同行しやすいはずである。

「承知した」

横山がうなずいた。

それから小半刻（三十分）ほど過ぎた。陽は家並の向こうに沈み、築地塀の陰には淡い夕闇が忍び寄っていた。まだ、深沢は屋敷から出てこないようだ。

天野は手先たちに深沢の屋敷を探らせたおり、近所で聞き込みもさせ、深沢が陽が沈むころ出かけることが多いとの情報を得ていた。ちかごろ、深沢は山下界隈の料理屋や料理茶屋などに出かけるらしいという。町方の目から逃れるためもあり、深川や柳橋などへ出向くのをひかえているのだろう。

「長月さん、与之助が！」

天野が声を上げた。

見ると、深沢家をかこった板塀の陰から与之助が伸び上がるようにして腕をまわしている。深沢が家を出た、という合図である。

「来るようだぞ」

すぐに、板塀の切戸をくぐって、人影があらわれた。羽織袴姿の武士だった。痩身で、二刀を帯びている。

「横山さん、どうだ」

隼人が訊いた。

「三人のなかに、あの男もいたぞ！」

横山が昂った声で言った。

「よし、横山さんと天野は、逃がさぬように背後にまわってくれ」

三人で取りかこむが、隼人ひとりで深沢を斬るつもりでいた。味方が下手に脇から斬り込むと、同士討ちする恐れがあったのだ。

「承知」

天野が言うと、横山もうなずいた。ふたりは、隼人が直心影流の遣い手であることを知っていたのである。

深沢は足早にこちらに向かって歩いてくる。幸い、通りに他の人影はなかった。

隼人は深沢を見つめたまま動かなかった。引きつけておいてから、飛び出すつもりだった。

深沢が十間ほどに迫った。

「いまだ！」

言いざま、隼人は築地塀の陰から飛び出した。天野と横山がつづく。

深沢は、ギョッ、としたように体を硬くしてその場につっ立った。

「何者！」

深沢が甲走った声で誰何《すいか》した。咄嗟に、隼人たち三人が、だれなのか分からなかったらしい。八丁堀同心の格好をしていなかったからだろう。

隼人は深沢の前に立ちふさがると、

「おれの顔を見忘れたか」

と、深沢を見すえながら言った。

天野と横山は深沢の背後にまわり、刀の柄《つか》に右手を添えている。

「うぬは、八丁堀の長月！」

深沢が叫ぶと、

「おれの顔も見ろ！　おまえたちが斬りそこなった横山だ！」

言いざま、横山が抜刀した。

「お、おのれ！」

深沢は怒りと恐怖に顔をゆがめ、刀の柄に手をかけた。

隼人も左手で鯉口《こいぐち》を切り、刀の柄に右手を添えたが、すぐに抜かなかった。

「深沢、石神はどこに身をひそめている」

隼人が訊いた。しゃべるとは思わなかったが、念のためである。

「知らぬ」

深沢が刀を抜いた。

「もうひとつ訊きたいことがある。御家人の身でありながら、亀蔵のような男の指図で人を斬るのは、金のためか」

「そうだ。五十石、非役の身では酒も飲めぬし、女も抱けぬ。生殺しのような暮らしはたくさんだからな」

深沢の口元に自嘲の笑いが浮いた。

「酒色のために、武士の矜持《きょうじ》を捨てたか」

隼人も兼定を抜いた。

深沢と隼人の間合は、およそ三間半。お互いに、切っ先を相手の喉元につけていた。相青眼である。

……なかなかの遣い手だ。

と、隼人はみてとった。

深沢の切っ先は、ピタリと隼人の喉元につけられていた。腰も据わっている。ただ、肩に凝《こ》りがあった。気の昂《たかぶ》りで、力んでいるらしい。

隼人は足裏を擂るようにして、深沢との間合をつめ始めた。深沢も、すこしずつ間合をつめてくる。お互いが引き合うように、間合がせばまってきた。しだいに、ふたりの剣気が高まり、斬撃の気配がみなぎってくる。

ふいに、深沢が寄り身をとめ、切っ先を小刻みに上下させた。牽制である。隼人の気を乱そうとしたのだ。

だが、隼人はすこしも動じなかった。隼人は刀身を突き込むように、深沢の手元に切っ先を伸ばした。

刹那、深沢の剣尖《けんせん》が浮いた。この一瞬の隙を隼人がとらえた。

イヤアッ！

裂帛の気合を発し、隼人が斬り込んだ。

振りかぶりざま、袈裟へ。神速の斬撃である。

オオッ！

と声を上げ、深沢が刀身を振り上げて、隼人の斬撃を受けた。

だが、わずかに遅れた。深沢が斬撃を受けたのは、隼人の切っ先が深沢の肩先を浅くとらえた後だった。一瞬間に合わなかったのである。

次の瞬間、ふたりははじき合うように後ろへ跳び、ふたたび、相青眼に構えあった。

深沢の左の肩先が裂け、血の色が浮いた。だが、深手ではない。深沢が隼人の斬撃を受けたので浅手で済んだのだ。

「浅い！」

深沢が吼《ほ》えるような声で叫んだ。

「ならば、次は深くまいる」

隼人は、摺り足で間合をつめ始めた。

深沢は動かない。顔に恐怖の色があった。隼人の喉元にむけた切っ先が、かすかに震えている。隼人の斬撃を受け、次は斬られる、という恐怖が体を硬くしているのだ。

隼人の寄り身は速かった。一気に、深沢との間合がせばまっていく。

一足一刀の斬撃の間境の手前まで来たとき、隼人は寄り身をとめ、全身に斬撃の気配をみなぎらせて、ピクッ、と剣尖を沈めた。面に隙を見せて、誘ったのである。この誘いに、深沢が反応した。

タアアッ！

深沢が甲走った気合を発し、踏み込みざま斬り込んできた。真っ向へ。鋭い斬撃だった。

だが、この斬撃を読んでいた隼人は、一瞬の反応で体を右手に寄せ、刀身を横に払った。払い胴である。

隼人の手に、胴の皮肉をえぐる重い手応えが残った。

一瞬、深沢は喉のつまったような呻き声を上げて身を反らせたが、そのまま前によろめいた。深沢は二間ほどよろめいてから足をとめ、その場につっ立った。腹が横に裂け、臓腑が溢《あふ》れ、血が着物を染めている。

深沢は刀を落とし、両手で腹を押さえてうずくまった。苦しそうな低い呻き声を洩らしている。

隼人は深沢の脇に身を寄せると、

「武士の情け！　とどめを刺してくれる」

と声を上げげ、刀を一閃させた。

にぶい骨音がし、深沢の首が前に垂れた。次の瞬間、首根から血が赤い帯のようにはしった。首の血管《ちくだ》から噴出した血が、赤い帯のように目に映じたのだ。深沢は尻餅をつき、己の首を両手で抱くような格好で絶命した。首根から血が赤い筋を引いて流れ落ちている。


隼人は懐紙で刀身の血を拭って納刀すると、

「長居は無用」

と、天野たちに声をかけて、その場を離れた。

天野と横山がつづき、さらに板塀の陰から駆け付けたらしい庄助と与之助が後を追ってきた。

3

深沢を斬った翌日の夕方、隼人は天野とふたりで、馬喰町の町筋を歩いていた。日を置かずに、豊川源太夫を討つためである。今日は、横山に声をかけなかった。隼人たちと深沢を斬ったことで、横山の面目は立つだろう。それに、何度も三人揃って出かければ、岡っ引きたちの噂になり、亀蔵たちの耳に入る恐れがあったのだ。

庄助と与之助は、午後から豊川の住む借家を見張るために出かけていた。

「長月さん、豊川はいますかね」

歩きながら、天野が訊いた。

「行ってみねば分からんな」

まだ、庄助と与之助から何の連絡もなかった。豊川が借家にいるかどうかも分からない。ただ、隼人は豊川は借家にいるのではないかとみていた。庄助たちが夕方まで、もどらないのは、豊川がいるからだと読んだのである。それに、いなければ出直せばいいのである。

「豊川は、館山道場の師範代をしていたようです」

天野が言った。

「深沢より、遣えるとみねばなるまい」

町道場ではあるが、師範代ともなればかなりの遣い手であろう。

「わたしにも、手伝わさせてください」

天野は、豊川との闘いにくわわりたいようだ。

「天野は、豊川の左手後方に立ち、四間ほどの間合をとって、切っ先を豊川の首筋にむけてくれ」

豊川には、天野が切っ先をむけているだけで脅威になるはずだった。それに、四間の間合があれば、隼人が正面から斬り込んでも、天野と同士討ちするようなことはないだろう。

「承知しました」

天野がけわしい顔でうなずいた。

そんなやり取りをしているうち、ふたりは馬場が前方左手に見えるところまで来ていた。

「そこの路地を入った先です」

天野が瀬戸物屋の脇の路地を指差した。

細い路地だった。路地に入っていっとき歩くと、路地沿いにあった小店や長屋などは、すくなくなり、雑草の生い茂った空き地や笹藪などが目立つようになった。

「あの竹藪の向かいの家です」

天野が前方を指差しながら言った。

半町ほど先の路地沿いに竹藪があり、その向かいに板塀をめぐらせた仕舞屋があった。借家らしい古い家である。

「与之助たちがいますよ」

竹藪の脇の灌木の陰に、与之助と庄助の姿があった。向かいの借家の様子をうかがっているらしい。

ふたりは隼人たちに気付くと、与之助だけが足音を忍ばせて近寄ってきた。

「旦那、豊川はいやすぜ」

与之助が声をひそめて言った。

「ひとりか」

隼人は、灌木の陰にまわりながら訊いた。借家から、隼人たちの姿が見えるのではないかと思ったのである。

「ひとりでさァ」

与之助が早口でしゃべったことによると、小半刻（三十分）ほど前に豊川が姿を見せ、家のなかへ入ったという。

「長月さん、踏み込みますか」

天野が顔をけわしくして訊いた。

「そうだな……」

隼人は西の空に目をやった。すでに、陽は家並の向こうに沈んでいる。竹藪のなかや家の軒下には、淡い夕闇が忍び寄っていた。路地には人影もなく、辺りはひっそりとしていた。仕舞屋の近くで闘っても、騒ぎにはならないだろう。

「いくぞ」

　隼人は灌木の陰から路地に出た。

　路地に面した板塀に枝折《しお》り戸があった。そこから、家の戸口へ行けるようになっている。

　隼人は枝折り戸の前で足をとめ、家の周囲に目をやった。立ち合いの場を探したのである。家のなかに踏み込んでの斬り合いは避けたかった。狭い家のなかでは、存分に刀がふるえないし、柱や鴨居などを斬りつけて、思わぬ不覚をとることがあるのだ。

……庭に引き出そう。

と、隼人は思った。

　狭いが家の前に庭があった。ただ、荒れていた。長年手入れをしてないとみえ、地面は雑草におおわれ、庭の隅に植えられた松と梅は枯れかかっていた。庭というより空き地である。

「庄助、与之助、ふたりはここにいて、邪魔者が入らないように見ていてくれ」

　隼人は、四人で踏み込むことはないと思った。それに、隼人と天野が遅れをとったら、庄助と与之助には逃げてもらいたかった。それには、板塀の外にいた方がいいのである。

「へい」

庄助と与之助は、枝折り戸の前で足をとめた。

隼人と天野は枝折り戸をあけて戸口まで行くと、

「天野、庭にまわってくれ。おれが、豊川を呼び出す」

と、隼人が言った。

「分かりました」

天野は、すぐに戸口の脇をとおって庭へまわった。

引き戸は簡単にあいた。心張り棒はかってなかったらしい。引き戸の先に狭い土間があり、その先に障子がたててあった。右手に奥へ行く廊下がある。家のなかは薄暗かったが、まだ、灯の色はなかった。人声は聞こえなかったが、かすかに畳を踏むような音がした。奥の座敷に豊川がいるらしい。

「豊川源太夫！　いるか」

隼人が奥へむかって声をかけた。

すると、畳を踏むような音がやみ、何の物音もしなくなった。おそらく、豊川は戸口の物音に聞き耳をたてているのだろう。

「長月隼人だ！　姿を見せねば踏み込むぞ」

さらに、隼人が声を上げた。

奥で畳を踏む音につづいて障子のあく音が聞こえた。豊川は奥の座敷から廊下に出たらしく、廊下の足音がしだいに大きくなった。

大柄な武士が、廊下に姿を見せた。小袖に袴姿で、左手に大刀を一本ひっ提げていた。

「豊川源太夫か」

大川端で襲われたとき、頭巾で顔を隠していたので顔は見ていなかったが、大柄な体軀に見覚えがあった。

「いかにも」

豊川は否定しなかった。隼人の背後に目をむけている。捕方を連れてきたと思ったのかもしれない。

「おまえを捕らえに来たのではない。斬りに来たのだ」

隼人が言った。

「なに、斬りに来ただと」

豊川の声に、昂《たかぶ》ったひびきがくわわった。

「ありがたく思え。武士らしく立ち合って、始末をつけてやるのだ。すでに、深沢孫一郎は、おれが斬った」

「おのれ！」

豊川の顔が憤怒で赭黒《あかぐろ》く染まった。

「庭にまわれ」

隼人は後じさり、敷居を跨《また》いで外に出た。

「よかろう。おれが、深沢の敵を討ってくれる」

豊川は刀を手にしたまま框から土間へ飛び下りた。

4

豊川は庭にまわり、隼人と対峙《たいじ》したとき、松の樹陰に立っていた天野を目にした。

「卑怯《ひきょう》！　騙《だま》し討ちか」

豊川が怒りの声を上げた。

「なにが卑怯だ。おぬしらも、三人で襲ったではないか。それに、天野はおぬしの逃げ道をふさぐだけだ」

そう言って、隼人は抜刀した。

「ふたりとも、たたっ斬ってくれるわ！」

豊川も刀を抜いた。

隼人はすばやく足を前後させて足場を確かめた。地面は雑草におおわれていたが、丈の高い草や蔓草《つるくさ》はなく、足をとられるようなことはなさそうだった。

隼人と豊川の間合は、およそ三間半。まだ、遠間《とおま》である。

隼人は青眼に構え、切っ先を敵の喉元につけた。対する豊川は八相だった。肘《ひじ》を高くとり、刀身を垂直にたてている。大きな構えだった。大柄な体軀とあいまって、上からかぶさってくるような威圧がある。

天野は豊川の左手にまわり込んだ。四間ほどの遠間に立ち、青眼に構えた切っ先を豊川の首筋につけている。

「いくぞ！」

隼人が爪先で地面を摺るようにして間合をつめ始めた。

豊川は、どっしりと構えたまま動かなかった。刺すようなするどい目で、隼人を見すえている。

暮色に染まった庭は、静寂につつまれていた。その静寂を破って、ズッ、ズッ、と隼人の爪先で雑草を分ける音がひびいた。

ふいに、隼人が寄り身をとめた。一足一刀の斬撃の間境の一歩手前である。微動だにしない豊川に、このまま斬撃の間境を越えるのは危険だと察知したのである。

隼人は全身に気勢を込め、斬撃の気配をみなぎらせた。気攻《きぜ》めである。気で攻めて、豊川の気を乱そうとしたのだ。

豊川も全身に気勢を込めて気で攻めた。

ふたりは、対峙したまま動かなかった。気合も、牽制もない。気の攻め合いがつづいている。

数瞬が過ぎた。ふたりの放つ剣気が異様に高まり、息詰まるような緊張につつまれている。

潮合《しおあい》だった。

そのとき、ズッ、と雑草を踏む音がした。天野が一歩踏み込んだのだ。その音と気配で、隼人と豊川の間に張り詰めていた緊張が裂けた。瞬間、ほぼ同時にふたりの全身に斬撃の気がはしった。

イヤアッ!

タアッ!

ふたりの裂帛の気合が静寂をつんざき、ふたりの体が躍り、閃光がはしった。

隼人が青眼から真っ向へ。豊川は八相から袈裟へ。

真っ向と袈裟。二筋の閃光が、ふたりの眼前で合致し、青火が散り、甲高い金属音がひびいた。

次の瞬間、ふたりは二の太刀をふるった。

隼人は背後へ跳びざま腕を伸ばし、切っ先を突き込むように籠手《こて》をみまい、豊川は右手に踏み込みながら胴を払った。一瞬の斬撃である。

豊川の右手の甲が裂けて、血が噴いた。

一方、隼人の着物の腹部が横に裂けたが、血の色はなかった。切っ先が肌までとどかなかったのである。

隼人と豊川はふたたび大きく間合をとって、青眼と八相に構えあった。

豊川の顔に驚愕の色が浮いた。隼人の神速の太刀捌きに驚いたようだ。右手の甲から血が赤い筋を引いて流れ落ちている。

八相に構えた豊川の刀身が、かすかに震えていた。右手の負傷で、右肩に力が入っているのだ。それに、気の昂りで、体が硬くなっている。

……斬れる！

と、隼人は踏んだ。

体に力が入って硬くなると、一瞬の反応が遅くなるのだ。真剣勝負においては、一瞬の差が勝負を決するのである。

隼人は爪先で地面を擂るようにして豊川との間合をつめ始めた。すると、豊川も間合をせばめてきた。豊川は隼人の寄り身を待つより、自分から踏み込んで先《せん》を取ろうとしたようだ。

ふたりの間合が一気にせばまった。

斬撃の間境の一歩手前に近付いたとき、

タアリャ！

突如、獣の咆哮《ほうこう》のような気合を発し、豊川が斬り込んできた。

大きく踏み込みざま、真っ向へ。閃光が夕闇を裂いて弧を描いた。

間髪を入れず、隼人も斬り込んだ。右手へ跳びながら、刀身を横に払った。一瞬の体捌きである。

豊川の切っ先が、隼人の肩先をかすめて空を切った瞬間、豊川の左腕がダラリと垂れた。隼人の一撃が、豊川の二の腕を骨ごと截断したのだ。

豊川はよろめいたが、すぐに足をとめて体勢をたてなおした。左腕の截断口から血が筧《かけい》の水のように流れ、叢《くさむら》に落ちて音をたてている。

「お、おのれ！」

豊川の顔がひき攣《つ》った。恐怖と興奮で、体が顫えている。目をつり上げ、口をひらいて歯を剝きだしていた。憤怒の形相である。

「豊川、勝負あった。刀を下ろせ」

隼人は切っ先を豊川にむけたまま言った。武士らしく腹を斬るなら、介錯《かいしゃく》してやってもいいと思ったのだ。

「まだだ！」

叫びざま、豊川が斬り込んできた。

右手で刀を振り上げ、真っ向へ。鋭さも迅さもない。ただ振り下ろしただけの斬撃である。

隼人は右手に踏み込みざま、豊川の首筋を狙って刀身を横に払った。

にぶい骨音がし、豊川の首が後ろにかしいだ。次の瞬間、豊川の首根から血が音をたてて噴出した。隼人の一颯《いっさつ》が、頸骨ごと截断したのである。

豊川は血を撒きながらよろめき、草株に足をとられて前につんのめるように転倒した。叢《くさむら》に俯《うつぶ》せに倒れた豊川は、動かなかった。四肢が痙攣しているだけである。悲鳴も呻き声も聞こえなかった。首筋から奔騰《ほんとう》する血が叢を打ち、虫でも這っているような音をたてている。

隼人は横たわっている豊川のそばに来て、ひとつ大きく息を吐いた。しだいに、体のなかを駆けめぐっていた熱い血が鎮まってくる。

「長月さん、やりましたね」

天野が足早に近付いてきて声をかけた。顔に安堵の色があったが、声にはまだ昂ったひびきがあった。

そこへ、庄助と与之助が駆け寄ってきた。ふたりは、板塀越しに闘いの様子を見ていたらしい。ふたりの顔にも、興奮と安堵の入り交じったような表情があった。

隼人は懐紙で刀身の血を拭って納刀し、

「引き上げよう」

と、三人に声をかけた。

辺りは濃い暮色に染まり、叢に横たわっている豊川の死体を闇がつつみ始めていた。大気のなかに血の臭いがただよっている。

5

繁吉と利助は、蛤町の稲荷の境内にいた。そこは、以前桔梗屋を探ったとき、隼人が身を隠していた稲荷である。

ふたりは、枝葉を茂らせた樫の陰に身をひそめ、葉叢《はむら》の間から路地沿いにある仕舞屋に目をむけていた。その仕舞屋が、曽根八の住む借家だった。

借家にしては大きな家だった。台所の他に、四間はありそうだった。裏手は竹藪になっていて、脇と前には生け垣がまわしてあった。

繁吉と利助は、曽根八の隠れ家をつきとめるために蛤町に足を運び、桔梗屋の近くで聞き込んだ。そして、曽根八が借家に住んでいるのをつきとめたのである。

借家は桔梗屋からそれほど離れていなかった。近所の住人の話では、曽根八は桔梗屋で暮らすようになる前、その借家に住んでいたという。曽根八は新たに借家をみつけて隠れ家にしたわけではなく、前の塒にもどったようだ。

曽根八はひとり暮らしではなかった。子分らしい若い男がふたり、同居していた。

曽根八が出かけるときに従ったり、家にいるときは下働きのようなことをしているらしい。おはつも姿を見せることがあった。来たときは泊まっていくようなので、まだふたりの関係はつづいているとみていいのだろう。

「なかなか、姿を見せねえな」

利助が仕舞屋に目をやりながら言った。

利助たちは、借家を訪れる者を見張ると同時に曽根八が家を出るおりに跡を尾けることにしていた。亀蔵、石神市兵衛、代貸の磯五郎などの隠れ家をつきとめるためである。

「そろそろ、曽根八が亀蔵か石神に会うとみてるのだがな。……長月の旦那たちが、深沢と豊川を斬ったことが、ちかいうちに、やつらの耳にも入るはずだ」

隼人たちが、豊川を斬って三日経っていた。そのことは、繁吉と利助の耳にも入っていたのである。

「今日も無駄骨か」

利助が両腕を突き上げて伸びをした。

まだ、暮れ六ツ（午後六時）まで半刻（一時間）ほどあるが、曇天のせいか、辺りは夕暮れ時のように薄暗かった。樫の陰は、薄闇につつまれている。

路地には、ぽつぽつと人影があった。近くの長屋の住人、ぼてふり、風呂敷で包んだ行李を背負った薬売りなどが、迫り来る夕闇に急《せ》かされるように足早に通り過ぎていく。

「おい、見ろ」

ふいに、繁吉が声を上げた。

仕舞屋の戸口の引き戸があいて、人影が出てきた。でっぷり太った赤ら顔の男である。

「曽根八だ！」

曽根八につづいて若い男がふたり出てきた。ふたりは、縞柄の小袖を裾高に尻っ端折りしていた。曽根八の手先らしい。

曽根八たちは仕舞屋から出ると、桔梗屋のある方へ歩きだした。

「おい、尾けるぞ」

繁吉が樹陰から出た。利助も、すぐに後につづいた。

ふたりは稲荷の鳥居をくぐって路地に出ると、曽根八たちから半町ほど距離をとって跡を尾け始めた。ふたりは、黒の半纏に股引、手ぬぐいで頬っかむりしていた。大工か植木屋のような格好である。

曽根八たちは桔梗屋の前を通り過ぎ、富ケ岡八幡宮の門前通りに出た。門前通りは賑わっていた。参詣客や遊山客などが行き交っている。

「すこし間をつめよう」

繁吉と利助は足を速め、曽根八たちに近付いた。表通りは行き交う人が多く、人の陰になって曽根八たちが見えなくなるのだ。それに、間をつめても気付かれる恐れはなかった。曽根八たちが振り返っても、繁吉たちの姿は通行人の間にまぎれて見えないはずである。

曽根八たちは、門前通りを西にむかっていく。前方に一ノ鳥居が見えてきた。曽根八たちはまだ足をとめない。

「冨岡屋へ行くつもりかな」

歩きながら、利助が言った。一ノ鳥居の手前の掘割沿いの道を右手にむかえば、冨岡屋の前に出られる。

「冨岡屋じゃァねえぞ」

曽根八たちは掘割沿いの道に入らず、まっすぐ一ノ鳥居の方へむかっていく。

さらに、曽根八たちは一ノ鳥居もくぐり、掘割にかかる八幡橋も渡った。

「大川端へ出るつもりかな」

利助がそう言ったとき、曽根八たちは左手におれた。そこは掘割にかかる福島橋のたもとである。

「走るぞ!」

繁吉と利助は走りだした。曽根八たちが左手におれたため、店屋の陰になってその姿が見えなくなったのだ。

　ふたりは店屋の角まで走って、左手の道を覗いた。前方に、曽根八たち三人の姿が見えた。堀沿いの道を大川の河口の方へ向かって歩いていく。

　繁吉と利助は、ふたたび半町ほど距離をとって、曽根八たちを尾け始めた。ふたりは樹陰や家の角などに身を隠しながら尾けた。堀沿いの道は人影がすくなく、曽根八たちが振り返ると繁吉たちの姿が見えてしまうのだ。

　曽根八たちはさらに橋を渡り、大川の河口沿いの道を歩いた。その辺りは、熊井町である。通り沿いの店屋の間から、大川の河口と江戸湊の海原が見えた。夕闇につつまれ、黒ずんだ海原が荒涼とひろがっていた。日中は、白い帆を張った大型の廻船や荷を積んだ高瀬舟なども見えるのだが、いまは船影もなく、無数の白い波頭が海原に縞模様を刻み、水平線の彼方までつづいている。

　通り沿いの町家がとぎれ、松林がひろがっている地があった。曽根八たちは松林の手前まで来て、左手におれた。松林といっても河口沿いに疎林がつづいているだけである。その松林のなかに柴垣をめぐらせた屋敷があった。数寄屋ふうの造りである。大身の旗本の別邸か富商の隠居所といった感じである。

「林のなかの家に、入るようだぞ」

　繁吉が歩きながら言った。

「そうらしいな」

利助と繁吉は、路傍の灌木の陰に身を寄せて、曽根八たち三人の後ろ姿に目をむけた。

見ると、曽根八たちは柴垣の枝折り戸を押して戸口にむかった。若い男のひとりが玄関の引き戸をあけ、三人は屋敷のなかに入っていった。

「どうする」

利助が訊いた。

「明日、あの家の主を探ってみよう。大物が出てくるかもしれねえぜ」

繁吉が目をひからせて言った。

「よし、明日だ」

利助がうなずいた。

辺りは夕闇に染まり、松林のなかは濃い闇につつまれていた。このまま屋敷に近付くのは危険だった。だれが、なかにいるか分からない。それに、通りの店屋も店仕舞いしているはずだった。聞き込みも、明日にならなければできないだろう。

繁吉と利助は灌木の陰から離れ、大川の川上に足をむけた。今日のところは、このまま帰るつもりだった。

6

翌日、利助、綾次、繁吉の三人は、ふたたび深川熊井町に足をむけた。曽根八たちが入った家を探るためである。

昨夜、豆菊で、利助は八吉に曽根八たちを尾けたこと、曽根八たちが熊井町の屋敷に入ったことなどを話した。そして、明日、近所で聞き込んでみるつもりだと言い添えると、ふたりのそばで聞いていた綾次が、

「兄い、おれも連れてってくれ」

と、訴えたのだ。

綾次にすれば、連日利助が探索にまわっているのに、自分だけ何もしないので肩身が狭かったのだろう。

「分かった。連れていってやる」

利助は、繁吉とふたりだけでいいと思ったが、綾次を店においておくのはかわいそうな気がしたのだ。

「ご用聞きと思われねえように用心しろよ」

八吉が念を押すように言った。

そんなやり取りがあって、利助は綾次も連れてきたのだ。利助たち三人は、大川端の通りを川下に向かって歩いた。

昨日と変わって、今日は晴天だった。大川の流れの先に江戸湊の海原がひろがり、空の青と海原が水平線の彼方で、青一色に溶け合っている。その海原を、白い帆を張った大型の廻船が品川沖にむかってゆっくりと航行していく。

利助たちは永代橋のたもとを過ぎ、相生町まで来ていた。相生町の先が熊井町である。

「いい眺めだなァ」

綾次が、遠い海原に目をやりながら目を細めて言った。

「おい、綾次、おれたちは遊山に来たんじゃァねえぜ。それに、ここらは亀蔵の縄張内だ。気を抜いて歩いてると、バッサリやられるかもしれねえぜ」

利助が綾次に身を寄せて窘《たしな》めるように言うと、

「へ、へい、気をひき締めてやりやす」

と、綾次が首をすくめて言った。

そんな話をしながら歩いているうちに、利助たち三人は熊井町に入った。しばらく歩くと、前方に松林が見えてきた。林のなかに、昨日曽根八たちが入った柴垣をめぐらせた屋敷があるはずである。

「ここらで別れて、別々に聞き込もう」

路傍に足をとめて繁吉が言った。

「そうだな、八ツ（午後二時）の鐘を聞いたら、集まるか。……どこがいいかな」

利助が辺りを見まわし、春米屋《つきごめや》の脇にちいさな稲荷があるのを目にした。赤い鳥居と古い祠があるだけの稲荷である。

「稲荷の前はどうだ」

繁吉が言った。

「いいだろう。すこし遅《おせ》えが、集まってから昼めしにするか」

いま、四ツ半（午前十一時）ごろだった。一刻半（三時間）あれば、柴垣のある家のことも探れるだろう。

「よし、ここで別れよう」

利助が言った。

利助と繁吉はその場で別れたが、綾次は利助のそばに立っていた。

「綾次、いっしょに来い。別々に聞き込んでもいいが、この通りで訊くしかねえからな。三人もで、まわるほど店もねえや」

そう言って、利助は綾次を連れて来た道を引き返し始めた。繁吉が柴垣をめぐらせた家の近くに足をむけたので、利助はすこし離れた店で話を聞こうと思ったのである。

「兄い、あの笠屋で訊いてみやすか」

綾次が通り沿いにある笠屋を指差した。

小体な店だった。店先に菅笠、網代笠《あじろ》、八ツ折笠がかかっている、合羽処《かっぱどころ》と書かれた看板も出ているので、合羽も売っているらしいが、店先からは見えなかった。店の親爺らしい五十がらみの男が、奥の狭い座敷で算盤《そろばん》をはじいていた。そこが売り場と帳場を兼ねているらしい。

「そうだな」

他に適当な店はなかった。

利助と綾次は戸口に立つと、

「ごめんよ」

と、利助が声をかけた。

親爺は利助の声を聞くと、慌てた様子で算盤を脇に置き、揉み手をしながら店先に出てきた。

「笠ですか、それとも合羽で」

親爺が笑みを浮かべて訊いた。利助たちを客と思ったのだろう。

利助はすぐに懐から巾着を取り出し、

「ちょいと、訊きてえことがあるんだ」

と言って、波銭を何枚かつまみだした。この親爺には、袖の下を握らせねえと何も話さねえ、と踏んだのである。

「何でございますか」

親爺は銭を握ると、顔一杯に笑みをひろげて訊いた。

「この先の松林のなかに、柴垣をめぐらせた家があるだろう」

「はい……」

「実は、あの家に言伝《ことづて》を頼まれて、ふたりで来たんだが、どうもちがう家のようなんだ」

利助が綾次に顔をむけて言うと、綾次がうなずいた。

「どういうことです？」

親爺が訊いた。利助が何を言っているのか分からなかったらしい。

「おれが、頼まれたのは商家の旦那でな。名は言えねえが、松林のなかの家には、年配の男が住んでるという話だったのだ。ところが、あの家に若え男《わけ》がふたり入って行くのを見たのよ。それで、おれが聞いた家とちがうのかと思ってな。……あの家には、若え男が住んでるのかい」

利助がもっともらしい作り話をした。曽根八や亀蔵の名を出せなかったからである。

「半年ほど前まで、安兵衛《やすべえ》さんというお年寄りが、お妾さんと住んでたんですがね。ちかごろは、安兵衛さんもお妾さんも、家にはいないようですよ」

「だれが住んでるんだ」

「別の年配の方が若い衆を連れてきたり、お武家さまが出入りしていたり、いったいどうなってるんですかね。近所の者も怖がって近付かないんですよ」

親爺が眉宇《びう》を寄せて言った。

「安兵衛というのは、どんなひとだい。おれが、聞いてるのは安兵衛という名じゃァなかったぞ」

利助が首をひねりながら言った。話の進め方が巧みである。親爺も、利助の話に不信を抱いていないようだ。

「日本橋の呉服屋の旦那だった方で、隠居してここに住むようになったと聞いてますよ」

松林のなかの屋敷は、元々大店の寮だったが、五年ほど前に安兵衛が妾と住むために買ったらしいという。

「妾といっしょだとは、聞いていたが……。妾の名はなんてえんだい」

利助が訊いた。

「もう、何年も前になりますが、お富さんと聞いた覚えがありますよ。ただ、話したことはないし、遠くから姿を見ただけですがね」

「お富か」

亀蔵の情婦である。

……安兵衛が、亀蔵だ！

と、利助は直感した。おそらく、半年ほど前まで、亀蔵は松林のなかの屋敷にお富とふたりで住んでいたのだ。

それから、利助は屋敷を出た安兵衛がどこにいるのか訊いてみたが、親爺は首を横に振っただけである。

「邪魔したな」

そう言い置いて、利助は綾次を連れて笠屋を出た。

それから、利助たちは通り沿いの店に何軒か立ち寄って話を聞いたが、笠屋の親爺から聞いたこと以外のことは分からなかった。

八ツ（午後二時）の鐘の音を聞き、急いで稲荷の前に行くと、繁吉の姿があった。

「待たせたかい」

「いや、おれもいま来たところだ」

「さて、昼めしにするか」

利助たち三人は、永代橋の方へもどり、手頃なそば屋を見つけて入った。

そばで腹ごしらえをしながら、

「まず、おれたちから話すぜ」

と利助が切り出し、聞き込みでつかんだことを一通り話した。

「やはり、あの家は亀蔵の隠れ家だったのか。おれも、それらしい話は聞いたが、はっきりしたことは分からなかったのだ」

繁吉はそう言った後、

「あの家には、賭場の代貸だった磯五郎と主だった子分が三人ほど住んでるらしいぜ。それに、牢人もときどき姿を見せるそうだ」

と、言い添えた。

繁吉によると、話を聞いた魚屋の親爺が賭場のことを知っていて磯五郎と子分が、屋敷に入るのを何度か見かけたと話したそうだ。

「磯五郎は、ここに身を隠していたのか」

「ほとぼりがさめるまでだろうよ」

「ところで、牢人だが、石神じゃァねえのか」

利助が繁吉に目をむけて言った。亀蔵の身辺にいる牢人となると、石神ぐらいである。

「石神とみていいな」

「あの家は、亀蔵一家の巣になってるようだぞ」

利助が昂った声で言った。

「おれも、そうみたが、肝心の亀蔵は別の隠れ家に身を隠しているようだ」

「何とか、亀蔵の塒がつかみてえな」

利助が目をひからせて言った。

第五章　巨悪

1

「長月の旦那ァ！」

戸口で、庄助の呼ぶ声が聞こえた。

隼人は登太の髪結いを終え、居間で羽織の袖に腕を通していたところだった。

「旦那さま、何かあったようですよ」

着替えを手伝っていたおたえが、昂《たかぶ》った声で言った。庄助のいつもとちがう甲高い声に、何か異変があったのを感じ取ったらしい。

「そのようだな」

隼人は急いで戸口に出た。おたえが、慌てた様子でついてきた。

庄助が隼人の顔を見るなり、

「旦那、栄橋の近くで御用聞きが殺されてるそうですぜ」

と、声をつまらせて言った。

……またか！

と、隼人は思った。脳裏に、殺された利根造と牧造のことがよぎったのである。

「浜町堀か」

隼人が訊いた。栄橋は浜町堀にかかっている。

「へい、天野さまが、すぐ来て欲しいそうです」

庄助が言った。

「おたえ、聞いたとおりだ」

隼人は、後ろから跟《つ》いてきたおたえに言った。

「はい！　旦那さま、お気をつけて、いってらっしゃいまし」

おたえは上がり框近くに座し、顔をひきしめて言った。まるで、自分が事件の現場に臨場するような顔付きをしている。

「では、行ってくる」

そう言い置いて、隼人は庄助を従えて通りへ出た。

急ぎ足で江戸橋へ向かいながら、隼人が庄助に事情を訊くと、南茅場町にある長屋から隼人の屋敷に来る途中、与之助を連れた天野に会い、「栄橋のそばで御用聞きが殺されているので、長月さんに知らせてくれ」と頼まれたという。

「殺された男の名は聞かなかったのか」

「はい、天野さまも、そこまでは知らないようでした」

庄助が言った。

「ともかく急ごう」

隼人は、行けば分かるだろうと思った。

隼人たちは日本橋川にかかる江戸橋を渡り、さらに入堀にかかる荒布橋《あらめばし》を渡って小舟町の町筋を東にむかった。そして、富沢町の町筋を抜けると、前方に浜町堀にかかる栄橋が見えてきた。

栄橋のたもとまで来ると、

「旦那、あそこですぜ」

庄助が堀沿いの道を指差した。

一町ほど離れた堀際に人だかりができていた。そこは、桟橋につづく短い石段の前である。集まっているのは、近所の住人や通りすがりの野次馬が多いようだった。そのなかに、天野の姿があった。天野のまわりには、数人の岡っ引きの顔も見えた。話を聞いて駆け付けたらしい。

利助と綾次の姿もあったが、繁吉はいなかった。熊井町に張り込みに行っているのかもしれない。隼人は利助から、熊井町の松林のなかに亀蔵の隠れ家だった仕舞屋があることを聞いていたのだ。

隼人と庄助が人垣に近付くと、集まった野次馬たちのなかから、八丁堀の旦那だ、南町の長月さまだ、などという声が起こり、人垣が左右に割れて道をあけた。隼人のことを知っている者が何人かいるらしい。

「長月さん、ここへ」

そう言った後、天野は足元に視線を落とした。天野の顔がこわばっていた。そばにいる岡っ引きたちも悲痛な顔をしている。

「これは！」

隼人は、思わず声を上げた。

凄惨な死体だった。顔に青痣《あおあざ》がはしり、額や頬が赭黒く膨れている。何か叫んだ瞬間のように目を瞠《みは》り、口を大きくあけている。首筋や胸のあたりにも、何かで打擲《ちようちやく》されたような痣があった。

死体の着物の脇腹が裂けてどす黒い血に染まっていた。その傷は、刃物で刺されたものらしい。

「駒吉《こまきち》ですよ」

天野が小声で言った。

「どうして、駒吉が」

駒吉は、亀蔵たちの手にかかったのではないのか、と隼人は思った。駒吉は浜町河岸界隈を縄張りにしている岡っ引きで、深川の探索にはほとんど行ったことがないはずである。駒吉が亀蔵たちに殺される理由がないのだ。

「拷問を受けたようですよ」

天野が言った。

「うむ……」

隼人は駒吉が棒や竹竿のような物で激しく打擲されたとみた。ただ、致命傷は脇腹の傷であろう。天野の言うとおり、駒吉は拷問された後、刃物で脇腹を刺されて殺されたにちがいない。

「長月さん、駒吉の家は亀井町です。それに、馬喰町も駒吉の縄張りですよ」

天野が声をひそめて言った。

「そうか。駒吉は、豊川のことで拷問されたか」

隼人は、なぜ駒吉が拷問されたか分かった。やはり、駒吉は亀蔵たちに殺されたようだ。隼人たちはひそかに深沢と豊川を始末したが、亀蔵たちは豊川が殺されたことを知ったようだ。それで、だれが殺したか知るために、馬喰町を縄張りにしている駒吉から聞き出そうとして拷問にかけたのだろう。

駒吉は、深沢と豊川を斬ったのはだれか知らなかったはずだ。しゃべれなかったので、なお激しく打擲されたにちがいない。

……かわいそうなことをした。

と、隼人は思った。

そのとき、利助と綾次が隼人のそばに近付いてきた。

「旦那、御用聞きたちがみんな怖がってますぜ」

利助が、隼人にだけ聞こえる声でささやいた。

「うむ……」

仕方のないことだった。こう次々に岡っ引きが殺されては、探索にも二の足を踏むだろう。

亀蔵を一刻も早く始末するしかない、と隼人は思った。

「利助、どうだ。亀蔵の塒は知れそうか」

隼人が小声で訊いた。

隼人は利助から熊井町の隠れ家の話を聞いたとき、隠れ家を見張って、亀蔵の塒をつかんでくれ、と指示してあったのだ。隼人は、曽根八や磯五郎は、かならず亀蔵と接触するとみたのである。

「まだでさァ。いま、繁吉が隠れ家を見張っていやす」

利助が言った。

「利助、今日からおれも行く」

隼人は、一刻も早く亀蔵の隠れ家をつきとめたかった。そうでないと、さらに犠牲者が出るだろう。それに、駒吉の凄惨な死体を見て、利助たちもいつ襲われるか知れないと思ったのである。

「旦那も熊井町へ」

利助が驚いたような顔をして訊いた。

「そうだ。利助、午後いっしょに行こう」

隼人が強い口調で言った。

2

「旦那、あの林のなかの家でさァ」

繁吉が松林を指差して言った。

なるほど、松林のなかに柴垣をめぐらせた仕舞屋があった。金持ちの隠居所や富商の寮を思わせるような屋敷である。

隼人、繁吉、利助、綾次の四人は、松林から半町ほど離れた道沿いの茅屋《ぼうおく》の陰にいた。茅屋は漁師の魚具をしまっておくための小屋のようだ。魚具といっても、竹竿、古い魚籠《びく》、桶などが雑然と置かれている。

隼人たちは、それぞれ変装して来ていた。隼人は虚無僧、繁吉たちは船頭や行商人ふうの格好をしている。尾行する際、町方と気付かれないためである。

「だれがいるか分かるか」

隼人が訊いた。

「磯五郎、曽根八、それに子分たちが三、四人いるようです」

繁吉によると、一刻（二時間）ほど前、柴垣のそばに忍び寄って屋敷の様子をうかがったという。

「亀蔵と石神はいないのだな」

「へい」

「肝心のふたりがいないのでは、あの家を襲うこともできんな」

やはり、屋敷を見張り、亀蔵と石神が姿をあらわすのを待つか、家のなかの者が外に出たとき尾行して、亀蔵たちと接触するのを待つより他ないと思った。

「やつらは、かならず動く」

そのうち、磯五郎か曽根八が亀蔵と会う、と隼人はみていた。

まだ、陽は西の空にあった。七ツ（午後四時）ごろであろうか。茅屋のまわりにも西日が射し、淡い蜜柑色のひかりでつつんでいた。

通りには、ちらほら人影があったが、茅屋に不審の目をむけることもなく、足早に通り過ぎていく。近くに店屋もなく、隼人たちを見咎めるような者はいなかった。

時が過ぎ、陽は江戸湊の彼方へ沈みかけていた。江戸湊の海原が夕日に染まっている。

そろそろ暮れ六ツ（午後六時）になるだろうか。通行人の姿もすくなくなり、茅屋の陰には淡い夕闇が忍び寄っていた。

「だ、旦那、出てきた！」

屋敷に目をむけていた綾次が、昂った声で言った。

見ると、柴垣の間にある木戸門から男が三人、姿を見せた。いずれも町人である。

「旦那、黒羽織を羽織っているのが、磯五郎ですぜ」

繁吉が言った。磯五郎といっしょに出てきたふたりは、子分だという。

子分ふたりは、縞柄の着物を裾高に尻っ端折りし、両脛をあらわにしていた。遊び人ふうの格好である。

三人は松林から通りへ出ると、永代橋の方へむかって歩きだした。

「尾けよう」

隼人が言うと、

「旦那、あっしと綾次で尾けやすぜ」

と、利助が言った。綾次がけわしい顔でうなずいた。

「よし、気付かれるなよ」

隼人も、四人で尾行することはないと思った。それに、四人もで尾けたら、かえって気付かれるだろう。

利助と綾次は、茅屋の陰から出て磯五郎たちの跡を尾け始めた。

隼人と繁吉はその場に残り、松林のなかの屋敷の見張りをつづけた。いっときすると、遠方で暮れ六ツ（午後六時）の鐘が鳴り、どこからか板戸をしめる音が聞こえてきた。通り沿いの店屋が店仕舞いし始めたようである。

「また、出てきた」

繁吉が低い声で言った。

木戸門から出てきたのは、ふたりの町人だった。ひとりは、でっぷり太った赤ら顔の男である。曽根八だった。納戸《なんど》色の羽織に縞柄の小袖姿だった。商家の旦那ふうに見える。いっしょに出てきたのは、若い男だった。曽根八の手先らしい。

「やつら、川下へ向かいやしたぜ」

通りに出た曽根八たちは、磯五郎たちとは反対方向にむかった。

「尾けるぞ」

隼人は茅屋の陰から出た。繁吉がつづく。

通りに出ると、繁吉が前に出た。隼人は繁吉から半町ほど間をとってから歩きだした。隼人の虚無僧姿は目立つ。曽根八たちの尾行は繁吉にまかせ、隼人は繁吉の跡を尾けようと思ったのである。

曽根八たちは、河口沿いの道を川下にむかって歩いていく。やがて、右手に大名の下屋敷が見えてきた。その屋敷の前を通って中島町を抜け、掘割にかかる大島橋を渡った。そして、橋のたもとを左手にまがった。そこは大島町である。

曽根八たちは、堀沿いの道を歩いていく。しだいに、家屋が多くなり、飲み屋や料理屋などが目に付くようになってきた。富ケ岡八幡宮の表通りが近くなってきたからである。行き交う人の姿も増え、町筋が賑やかになってきた。

前方に八幡橋が見えてきたところで、前を行く繁吉が足をとめ、道沿いの板塀の陰に身を寄せた。仕舞屋をかこった板塀である。

隼人は小走りに繁吉に近付いた。隼人も、板塀の陰に身を隠し、

「どうした？」

と、繁吉に訊いた。

「曽根八たちは、あの料理屋に入りやしたぜ」

繁吉が指差した先を見ると、堀沿いに二階建ての料理屋があった。二階が客を入れる座敷になっているらしく、障子が明らんでいた。

曽根八が子分ひとりを連れて、料理屋に酒を飲みにきたとは思えなかった。料理屋ならここまで来なくとも、他にいくらでもあるはずだ。

……この店が、亀蔵の隠れ家か。

隼人は、ちがうような気がした。これまで亀蔵は料理屋を隠れ家にするようなことはなかった。冨岡屋も子分の米次郎にまかせていたほどである。

「旦那、この店で亀蔵と談合するつもりかもしれやせんぜ」

繁吉が小声で言った。

「そうだな」

隼人も、この店が亀蔵との密談場所になっているのかもしれないと思った。

「どうしやす」

繁吉が訊いた。

「この格好では、店にも入れんな」

隼人は虚無僧姿だった。虚無僧姿で、町人体の繁吉とふたりで料理屋に入ることはできなかった。

「出直すか」

隼人は料理屋の奉公人や近所の住人に話を聞けば、店の様子が知れるのではないかと思った。

隼人と繁吉は板塀の陰から出ると、料理屋の前にむかった。店の玄関先だけでも見ておこうと思ったのである。

通りから玄関まで、飛び石が並べてあった。戸口は格子戸である。玄関脇に掛行灯があり、八百富《やおとみ》と記してあった。店の名である。

隼人たちは店の前を通り過ぎると、きびすを返し、来た道を引き返した。身を隠していた茅屋の陰にもどるつもりだった。

そのころ、利助と綾次は店仕舞いした八百屋の角に身を隠し、斜向かいにある一膳めし屋に目をむけていた。

尾けてきた磯五郎たちが一膳めし屋に入ったのだ。

「兄い、あいつら酒を飲みに来ただけかもしれやせんぜ」

綾次が言った。

すでに、磯五郎たちが一膳めし屋に入って半刻（一時間）は経つが、まだ出てくる気配もなかった。

「そうかもしれねえ」

利助も、磯五郎たちは夕めしを食いに来て、酒を飲んでいるのだろうと思った。

「引き上げるか」

利助は、これ以上磯五郎たちを見張っていても無駄骨だろうと思った。

利助と綾次は八百屋の角から通りへ出ると、川下にむかって歩いた。松林のそばの茅屋にもどるのである。

3

翌朝、隼人は南茅場町の鎧ノ渡しの桟橋まで迎えにきた繁吉の舟で、深川大島町にむかった。曽根八たちが入った八百富の近くで、聞き込んでみるつもりだった。昨日の帰りに、繁吉が舟を出すと言ったので、舟を使うことにしたのだ。舟なら大川を横切って掘割をたどれば、すぐに大島町に入れる。

利助と綾次は同行しなかった。ふたりは、隼人たちとは別に今日も熊井町へ行き、松林のなかの屋敷を見張ることになっていた。

繁吉の漕ぐ舟は、大川の河口から掘割に入った。掘割の右手が大島町、左手が中島町である。前方に八幡橋が見えてきたところで、繁吉は右手にある船寄に船縁を寄せ、

「旦那、下りてくだせえ」

と、声をかけた。

隼人はすばやく舟から飛び下りた。

繁吉は杭に舟をつないでから船寄に下り立った。

「繁吉、どうだ、手分けして聞き込むか」

隼人はふたりで別々に聞き込んだ方が埒《らち》が明くと思った。それに武士体の隼人と町

人の繁吉が、いっしょに歩いていると人目を引くのである。

隼人は虚無僧ではなく、羽織袴姿で二刀を帯びてきていたのだ。町筋でよく見かける軽格の御家人ふうである。

「分かりやした」

隼人たちは、昼頃にいったん船寄にもどることにしてその場で別れた。

……さて、どこで訊くか。

隼人は八百富のある通りに目をやった。人通りはけっこう多かった。職人、子供連れの女、ぼてふり、風呂敷包みを背負った店者などに混じって、参詣客や遊山客などの姿もあった。富ケ岡八幡宮が近いせいであろう。通り沿いには八百屋、米屋、煮染屋などの小体な店が多かったが、料理屋、料理茶屋なども目についた。

隼人はとりあえず八百富を覗いてみようと思い、店の前を通ったが、店先に暖簾が出ていなかった。店はひっそりと静まっていた。まだ、店をひらいていないらしい。

隼人はそのまま店先を通り過ぎ、一町ほど歩いたところで、小体な八百屋の前に初老の親爺がいるのを目にとめた。小太りで、すこし背が丸くなっている。丸顔で目が細い。人のよさそうな顔をしていた。

隼人は店に近寄り、

「あるじか」

と、初老の男に声をかけた。

「へい……」

親爺は訝しそうな顔をして隼人を見た。目が怯えるように揺れていた。武士に突然声をかけられたからであろう。

「訊きたいことがあるのだがな」

隼人は懐から一朱銀を取り出すと、親爺の手に握らせてやった。八丁堀同心の格好をしてくれば、袖の下など使わずにすむのだが、八丁堀同心を名乗れないのでやむをえない。

「こ、こんなに……」

親爺は目を瞠《みは》って一朱銀を握りしめた。小体な店の親爺にとって、一朱は大金である。

「訊きたいことがある」

もう一度、隼人が言った。

「へ、へい」

親爺はかしこまって、隼人に頭を下げた。

「ゆえあって名乗れぬが、おれはさる大身の旗本に仕える者だ。……実は大島町に住む娘が、女中としてお屋敷に奉公することになったのだ」

隼人の作り話である。大島町はひろいので、そう言えば、どこの娘か分からないだろう。

「その娘に話を訊くと、八百富に勤めていたことがあるともうすのだ。それで、どんな店なのか知りたいと思ってな」

「さようでございますか。八百富は、すぐそこですよ」

親爺が、通りの先を指差した。

「八百富のあるじの名は知っているかな」

亀蔵が本名を名乗っているはずはないと思ったが、そう訊いたのである。

「はい、善右衛門《ぜんえもん》さんでさァ」

「あるじになってから長いのかな」

まず、善右衛門が亀蔵かどうか確かめるつもりだった。

「へい、先代から引き継いで、三十年にはなりやす」

「三十年な」

どうやら、亀蔵ではないようだ。亀蔵が、三十年も前から料理屋のあるじであるはずがない。

「八百富は、繁盛しているのかな」

「まァまァですが……。揉め事がありやしてね。傾いたときも、あるようでさァ」

「揉め事とは？」

「でけえ声じゃァいえませんが、善右衛門さん、手慰みが好きでしてね。数年前、賭場の親分さんと揉めたようで……。ですが、うまく話が済んで、いまは商売に精を出してるようでさァ」

手慰みとは、博奕《ばくち》のことである。

「博奕か」

隼人は、その親分が亀蔵ではないかと思った。

「あるじ、娘からもそのような話を聞いたが、その親分というのは亀蔵という男ではないか」

隼人は亀蔵の名を口にした。

「そ、そうでさァ。……旦那、この辺りで、亀蔵の名をあまり口にしない方がいいですよ。怖い親分さんで、何をされるか分かりませんからね」

親爺の顔に恐怖の色が浮いた。心底、亀蔵を怖がっているようだ。

「まさか、亀蔵はいまでも八百富に姿を見せるのではあるまいな」

隼人が小声で訊いた。

「だ、旦那、それが、亀蔵の親分は、この近くに住んでるらしいです。いまでも、八百富に顔を出すことがあるそうですよ」

親爺の声は震えを帯びていた。

「近くというと、どこだ」

隼人は、亀蔵の住処を知りたいと思った。

「どこかは、知らねえ。近所の者も、亀蔵親分の顔を知ってる者はいませんからね。どこに住んでるかは分からねえ」

親爺は慌てて首を横に振った。

「そうか」

隼人は、いずれにしろ八百富の近くだろうと思った。

それから、隼人は亀蔵の子分のことも訊いたが、親爺は子分のことはまったく知らないようだった。

隼人は八百屋から離れた後、通り沿いの他の店に立ち寄って話を聞いたが何の収穫もなかった。

船寄にもどると、繁吉の姿があった。

「繁吉、昼めしでも食いながら話すか」

「へい」

「どうだ、門前通りに出てみるか」

近くに手頃な店はなかったし、八百富のそばの店では亀蔵の手下の目にとまる恐れもあったので、門前通りまで足を延ばすことにした。

4

「まァ、一杯飲め」

隼人は銚子を手にして、繁吉の猪口《ちょく》についでやった。

門前通りにある清政《きよまさ》という老舗《しにせ》のそば屋だった。隼人は小女に座敷を頼み、酒とそばを頼んだ。歩きまわって喉が渇いたのである。

ふたりは酒で喉をうるおした後、

「亀蔵は八百富の近くに住んでいるようだぞ」

隼人が切り出し、八百屋の親爺から聞き取ったことを一通り話した。

繁吉は猪口の酒を飲み干した後、

「旦那、あっしも似たようなことを耳にしやしたぜ」

そう言って、猪口を膳に置き、隼人に目をむけた。

「似たこととは？」

「あっしは、八百富の裏手の路地をまわりやしてね。八百富にむかしから勤めている下働きの爺さんをつかまえて、話を聞いたんでさァ」

爺さんによると、八百富のあるじの善右衛門は博奕で大損をして、店を亀蔵に取られるところだったという。善右衛門が亀蔵に泣き付き、何とか店を取られずにすんだ。その後、ときおり亀蔵は店にあらわれ、主だった子分や牢人などと八百富で密談することがあるそうだ。

「やはり、曽根八は八百富で亀蔵と会ったのだな」

「まちがいありませんや。それに、爺さんは、亀蔵は店の近くに住んでいると言ってやしたぜ」

繁吉が言った。

「八百屋の親爺も、それらしいことを口にしていたな」

「その家ですが、八百富の裏手にあるようでさァ」

「繁吉、亀蔵の隠れ家が分かったのか」

思わず、隼人が声を上げた。

「はっきりしやせんが、八百富の裏手からしばらく歩くと、ちょっとした屋敷がありやしてね。どうも、そこじゃァねえかと」

繁吉は下働きの爺さんに、屋敷のある場所を訊いて行ってみたという。

「爺さんは、亀蔵らしい男が子分を連れて、その屋敷から出るところを見かけたと言ってやした」

繁吉が言い添えた。

「よし、そこへ行って確かめてみよう」

隼人は膳に置いてあった猪口を手にすると、手酌でついでグイと飲み干した。

それから小半刻（三十分）ほどして、隼人たちはそば屋を出た。陽は西の空にまわっていたが陽射しは強く、門前通りは大勢の老若男女で賑わっていた。

隼人たちは、ふたたび八百富の近くにもどった。

「こっちでさァ」

繁吉が先に立って歩きだした。

繁吉は、八百富から半町ほど離れたところにあった細い路地をたどって八百富の裏手にまわった。さらに、しばらく路地をたどり、高い板塀をめぐらせた仕舞屋の斜前《はすまえ》に出た。そこは閑静な地で店屋はなく、仕舞屋や妾宅ふうの家、富商の隠居所らしい家などがまばらに建っていた。

「旦那、あの家でさァ」

繁吉が板塀をめぐらせた家を指差して言った。

隠居所か妾宅のようだが、高い塀がめぐらせてあるのは、路地から家を隠すためであろうと思われた。

「覗いてみるか」

隼人と繁吉は、通りから見えない家の脇にまわり、板塀の節穴からなかを覗いてみた。敷地は思ったよりひろかった。松や梅などを植えた庭もある。母屋も大きく、座敷は四、五間はありそうだった、見たところ家のまわりに人影はなく、座敷の障子もしめてあった。

「この家が亀蔵の隠れ家のようだが、はっきりせんな」

隼人は、なんとか住人の顔を見てみたいと思った。

隼人と繁吉は、家の住人に姿を見られないように板塀に沿ってまわってみた。塀が高いので、家のなかから隼人たちの姿は見えないはずだ。

路地に面したところに片びらきの木戸門があった。門扉はしまったままである。家の西側には切戸があった。すこしひらいている。下働きの者や亀蔵の子分などは、切戸から出入りするのだろう。

「旦那、ここなら入れやすぜ」

繁吉が切戸に手をかけて言った。

「待て、暗くなるまで待とう」

明るいうちに、屋敷内に侵入するのは危険だと思った。まだ、石神の居所がつかめてないし、屋敷内にだれがいるか分かっていないのだ。腕の立つ者が三人もいれば、隼人と繁吉は袋の鼠《ねずみ》である。

隼人と繁吉は板塀の陰から離れ、路地をたどって舟をとめてある船寄までもどった。陽は家並の向こうに沈みかけていた。小半刻（三十分）もすれば、暮れ六ツ（午後六時）の鐘が鳴るだろう。

隼人たちが、船寄につづく石段に腰を下ろすと、

「旦那、捕方を連れてきやすか」

と、繁吉が訊いた。

「捕方を呼ぶのは、亀蔵がいるかどうか確かめてからだな」

亀蔵の隠れ家だとは思うが、まだ住人の顔も見てないのだ。

「なに、暗くなれば忍び込める」

隼人は、こんなこともあろうかと、闇に溶ける柿色の小袖と同色の袴で来ていた。繁吉も黒の半纏に黒股引である。

それから、半刻（一時間）ほど過ぎた。辺りは、濃い夕闇につつまれている。堀沿いの店は店仕舞いし、料理屋や料理茶屋などからは灯が洩れていた。

「行くか」

ころあいである。

「へい」

ふたりは立ち上がり、石段から堀沿いの通りへ出た。

5

隼人と繁吉は、高い板塀をめぐらせた屋敷のそばまで来た。路地は夜陰につつまれ、人影はなかった。路地沿いの家々から淡い灯が洩れている。細い三日月が出ていたが、わずかに闇を薄めているだけである。

板塀をめぐらせた屋敷も夜陰のなかに沈んでいた。板塀に近付くと、かすかに灯の色が見えた。だれかいるらしい。

「顔を隠そう」

闇のなかで、顔だけが浮き上がったように見えるのだ。

「へい」

隼人たちは、茶の手ぬぐいで頬っかむりした。こんなときのために、用意してきたのである。

隼人たちは足音を忍ばせて板塀に身を寄せ、節穴からなかを覗いてみた。すぐ前に庭とそれにつづく母屋が見えた。

庭に面した座敷の障子が明らんでいた。かすかに、話し声が聞こえる。女と男の声であることは分かったが、話の内容までは聞き取れない。

「切戸へまわろう」

隼人が小声で言った。

ふたりは足音を忍ばせ、板塀に沿って屋敷の脇へまわった。切戸は簡単にあいた。隼人たちは切戸から侵入した。そこは屋敷の裏手で、台所らしかった。裏戸がある。明り取りの窓からぼんやりと灯の色が見えた。台所にも、だれかいるらしい。

隼人と繁吉は屋敷に沿って表へまわった。ふたりの装束は闇に溶けているので、足音さえ立てなければ、家のなかの者に気付かれる恐れはなかった。

屋敷の表にまわると、隼人たちは庭の樹陰に身を隠した。そこは闇が深く、目をむけても、ひそんでいる隼人たちには気付かないはずだ。

庭に面して縁側があり、その先の障子が明らんでいた。板塀の外から見た座敷である。くぐもったような男の声と鼻にかかったような女の声が聞こえた。かすかに、衣《きぬ》擦《ず》れの音や瀬戸物の触れ合うような音も耳にとどいた。

……お富、もうそのくらいにしておけ。

低い男の声に、たしなめるようなひびきがあった。

隼人は、座敷にお富がいることを知った。亀蔵の情婦《いろ》である。とすると、低い男の声の主は、亀蔵かもしれない。

……ねえ、旦那。もう一杯だけ。

女が甘えたような声で言った。どうやら、座敷で酒を飲んでいるらしい。

……仕方がないな。

低い男の声は、やわらかかった。笑みを浮かべながら、お富に酒をついでいるのかもしれない。

……亀蔵、深沢と豊川の代わりをみつけた方がいいぞ。

別の声が、亀蔵の名を口にした。

やはり、亀蔵が座敷にいるのである。低い声の主が、亀蔵であろう。

……承知してますよ。曽根八に話してありますのでね。ちかいうちに、腕の立つ男が、二、三人見つかるはずです。

亀蔵の声は落ち着いていた。

……みつかったら、早く始末するんだな。まごまごしていると、おれもおまえも、深沢や豊川の二の舞いだぞ。

……それにしても、深沢さまと豊川さまを仕留めたとなると、よほど腕のたつ者とみえますな。

……斬ったのは、南《みなみ》町奉行所の長月という同心らしいな。

……そいつは、八丁堀の鬼ですよ。

亀蔵の声に、怒ったようなひびきがくわわった。

……八丁堀の鬼だと。

……はい、咎人を情け容赦なく斬り殺す男で、てまえたちの間で、八丁堀の鬼とか鬼隼人とか呼ばれてましてね。……厄介な相手が乗り出してきたものです。

……長月は、おれが斬る。

男の声には、強いひびきがあった。

「……石神さまに斬れますか」

亀蔵が低い声で言った。

石神市兵衛だ！　と隼人は察知した。石神は、ここにいたのだ。おそらく、亀蔵が、用心棒としてそばにおいたのだろう。

隼人たちは、さらにいっとき座敷の声に耳をかたむけていた。座敷にいるのは、亀蔵、石神、お富の三人だけのようだ。

隼人は、脇にいる繁吉の顔の前で指先を切戸の方にむけて見せた。外に出る、という合図である。これ以上、ここにいる必要はなかった。この隠れ家に、亀蔵と石神がいることが分かったのである。

翌朝、隼人は出仕前に天野家を訪ねた。すでに、隼人は出仕の身支度をしていた。天野と南町奉行所へ向かいながら話そうと思ったのである。

隼人は、亀蔵、石神、曽根八、磯五郎の四人と子分たちを捕縛するつもりだったが、隼人ひとりではどうにもならない。天野に相談して、捕方を集めるつもりだった。

天野家の戸口に与之助がいた。挟み箱をかついで、出仕のために控えている。

隼人は、与之助に天野を呼んでもらった。隼人が顔を出すと、話好きの家族が声を聞いて戸口に出てくるのではないかと思ったのだ。

隼人が戸口でいっとき待つと、与之助と天野が姿を見せた。

「長月さん、何事ですか」

天野が驚いたような顔をして訊いた。出仕前に突然、隼人が訪ねてきたからであろう。

「話があってな。……どうだ、家を出られるか」

隼人が訊いた。

「そのつもりです」

「ならば、歩きながら話そう」

隼人は戸口から通りへ足をむけた。

天野は隼人と肩を並べて歩いた。与之助は遠慮したらしく、ふたりからすこし離れて跟《つ》いてくる。

「亀蔵と石神の居所が知れたよ」

隼人は、亀蔵の隠れ家をつかんだまでの経緯をかいつまんで話した。

「さすが、長月さん。やることが早い」

天野の声には、驚嘆のひびきがあった。

「ただ、曽根八と磯五郎は別の隠れ家にいるのだ。子分もな」

隼人は、熊井町の隠れ家のことも話した。

「大勢になりますね」

「それで、天野の手も借りたいのだが、それでも足りないかもしれん」

「お奉行に話して、与力に出張《でば》ってもらいますか」

通常、大掛かりな捕物になると、与力の出役を仰ぎ同心も何人かついて下手人の捕縛に向かうのである。

「それは、まずい。奉行所の動きを察知すれば、亀蔵は姿を消してしまうぞ。そうでなくとも、亀蔵は慎重な男で、表に顔を出さないばかりか、町方の手がのびるのを恐れて横山さんまで襲ったのだからな」

隼人は、与力の出役を仰ぎ、捕方を多数集めるようなことをすれば、たちまち亀蔵の知るところとなり、亀蔵ばかりか石神や曽根八も姿を消してしまうだろうと思った。

「どうでしょう、横山さんの手を借りたら」

天野が足をとめて言った。

「そうだな。横山さんに頼もう」

隼人は、天野と横山の手先を集めれば、何とかなると踏んだ。

「それで、いつやります」

天野が訊いた。

「早い方がいいな。明日の夕暮れでどうだ」

今日中に、捕方を集めて手配をし、明日仕掛けるのである。日中は、人通りのあるところなので、夕暮れ時がいいだろう。

「承知しました」

天野が顔をけわしくしてうなずいた。

6

隼人は天野と別れると、その足で紺屋町の豆菊に足をむけた。利助か綾次かが帰っているはずなので様子を訊くためと、八吉にも頼みがあったのである。

豆菊の店先には暖簾が出ていたが、店のなかはひっそりとしていた。まだ、客はいないらしい。

「ごめんよ」

隼人は暖簾をくぐって店に入った。

追い込みの座敷におとよがいた。間仕切りの屏風を並べなおしていたようだ。

「あら、旦那、いらっしゃい」

おとよは、すぐに追い込みの座敷から土間へ下りてきた。

隼人は腰に帯びた兼定を鞘ごと抜くと、追い込みの座敷の隅に腰を下ろし、

「利助か綾次はいるかい」

と、訊いた。

「綾次がもどってますよ。呼びましょうか」

「八吉にも、声をかけてもらえるか」

「すぐに呼びますよ」

おとよは、そそくさと板場に向かった。

待つまでもなく、八吉と綾次が板場から出てきた。八吉は濡れた手を前だれで拭きながら隼人に近付くと、

「旦那、あっしにも用ですかい」

と、訊いた。綾次は殊勝な顔をして八吉の後ろに立っている。

「八吉に、頼みたいことがあってな。ともかく、ふたりとも腰を下ろしてくれ」

隼人がそう言うと、八吉と綾次は追い込みの座敷に並んで腰を下ろした。

「まず、綾次に話を聞くかな。……どうだ、熊井町の様子は」

利助と綾次が交替で、熊井町の隠れ家を見張ることになっていた。いまは、利助が熊井町に行っているのだろう。天野に頼んで見張りを交替することにしてあったので、利助も夕方には帰ってこられるはずである。

一方、繁吉は亀蔵たちの隠れ家を見張ることになっていた。ただ、屋敷に張り付いて見張らなくてもいいと言ってあった。いまのところ、亀蔵と石神が隠れ家を出る気配はなかったからである。それに、亀蔵の隠れ家に張り付いていると、亀蔵たちに気付かれる恐れがあったのだ。

「変わった様子はありません。曽根八と磯五郎は、隠れ家にいるようです」

綾次がけわしい顔で言った。

「すぐに、曽根八や磯五郎が隠れ家をはなれることはあるまい」

隼人はそこで言葉を切った後、

「それで、天野と相談してな。曽根八や亀蔵たちを、一気に捕らえることにしたのだ」

と、ふたりに目をやりながら言った。

「いよいよですね」

綾次が昂った声で言った。

「おれと天野、それに、横山さんが出張ることになっている」

捕方は、三十人ほどになることを話した。捕方のことも、天野と相談して決めたのである。

「旦那、あっしも行きやす」

綾次が声を上げた。

「むろん、利助と綾次にも頼む」

隼人がそう言うと、黙って聞いていた八吉が、

「それで、いつ踏み込みやす」

と、低い声で訊いた。八吉も岡っ引きだったころを思い出したのか、目付がするどくなっている。

「明日の夕暮れ時だ」

隼人は自分だけ、天野たちからは別に行くことを言い、利助、綾次、繁吉の三人は七ツ（午後四時）ごろ、永代橋のたもとで待っているように話した。

「承知しました」

綾次が目をひからせてうなずいた。

「綾次、利助と繁吉に話しておいてもらいてえんだが、このことをほかの御用聞きた

ちには話すなよ。亀蔵たちに知られると、逃げられちまうからな」

隼人は、どこから洩れるか分からなかったので、そう釘を刺しておいた。

そのとき、おとよが茶を運んできた。隼人、八吉、綾次の膝の脇に茶の入った湯飲みを置くと、おとよは、ごゆっくり、と言っただけで、すぐに板場にもどってしまった。男たちが、捕物の話をしているのが分かったのだろう。

「それで、旦那、あっしにも用があるとか」

八吉が茶をすすったところで訊いた。

「八吉に頼みがあるのだ」

「なんです？」

「大工の与助が、巻き添えを食って殺されたことは知っているな」

隼人は、与助の倅《せがれ》の房助のことが気になっていたのだ。

「へい」

「与助には房助という倅がいてな。親の敵を討ちてえといって、亀蔵を捜して町を歩きまわっていたのだ。そいつをおれが、やめさせた」

隼人は房助とのやり取りを簡単に話し、

「房助は亀蔵たちが町方の手で捕らえられたことを知っても、親の敵を討ったとは思うまい。それで、明日、房助を連れてきてもらいたいのだ。……始末がついたら、おれから話そう」

隼人は、万年町の吉兵衛店に房助がいることを話した。

「分かりやした」

八吉が口元に笑みを浮かべてうなずいた。隼人の胸の内が分かったのだろう。

それから、隼人は明日の手筈を話してから腰を上げた。

八吉が隼人の顔を見上げ、

「旦那、石神とやるつもりですかい」

と、訊いた。顔に憂慮の翳《かげ》が浮いていた。八吉は石神が遣い手であることを知っているのだ。

「そのつもりだ」

隼人は、石神と立ち合うつもりでいた。捕方にまかせると大勢の犠牲者が出るし、隼人は石神の遣う兜割りの太刀と決着をつけたかったのだ。

「勝てやすか」

「やってみねば分からんが、石神だけはおれが斬るつもりだ」

そう言い置いて、隼人は戸口に足をむけた。

第六章　兜割り

1

七ツ（午後四時）前、隼人は庄助を連れて、八丁堀の組屋敷を出た。黄八丈の小袖に黒羽織、腰には兼定だけを帯びていた。ふだんの出仕のときと変わらぬ扮装《いでたち》である。ただ、庄助はちがっていた。挟み箱はかついでいなかったし、草鞋《わらじ》履きで、懐には十手と捕り縄がしのばせてあった。顔もこわばっている。捕物に向かうことを承知し、それなりの身支度をととのえてきたのだ。

「庄助、刃物を持っている男を捕らえようとするな」

歩きながら隼人が言った。

庄助は隼人に仕えて長いが、これだけ大きな捕物にくわわったことはなかった。それで、気が高揚しているらしい。我を忘れて、刀を持って抵抗する相手に向かっていくと斬り殺される恐れがあったのだ。

「へ、へい」

庄助が緊張した面持《おもも》ちで応えた。

そんなやり取りをしながら、隼人たちは永代橋を渡った。橋のたもとの岸際に、利助と綾次が立っていた。ふたりは、隼人の姿を見ると、走り寄ってきた。

「どうだ、熊井町の隠れ家に変わりはないか」

隼人が利助に訊いた。

「へい、ここに来る前《めえ》に、ちょいと覗いてきやしたが、曽根八と磯五郎は隠れ家にいやした」

利助によると、松林にちかい茅屋の陰に岡っ引きと下っ引きがいて、隠れ家を見張っているという。ふたりは、天野の手先で、昨日から交替で見張るようになったのだ。

「八吉は？」

「親分は、吉兵衛店に行っていやす」

利助が言った。利助と綾次は、いまでも八吉のことを親分と呼んでいたのだ。

「そうか」

「旦那、天野の旦那たちは？」

利助が訊いた。

「天野たちも、八丁堀を出たはずだ。おれたちも行くか」

隼人は大川端の道を川下にむかって歩きだした。庄助、利助、綾次の三人がつづく。

そのころ、天野と横山は南茅場町の大番屋の前にいた。捕方が、二十数人集まっている。捕方は岡っ引きや下っ引き、それに天野と横山の手先たちだった。天野と横山は、ふだんの巡視のおりの姿だった。捕物装束では人目を引くし、与力に知らせず、巡視の途中で捕縛したことにしたかったのだ。

捕方たちも、袖搦《そでがらみ》、突棒、刺又《さすまた》などの長柄《ながえ》の捕具は手にしていなかった。何人かは六尺棒を手にしていたが、多くは十手と捕り縄を懐に入れているだけである。仰々しい捕物装束では、人目を引くからである。

「行くぞ」

天野が集まった捕方たちに声をかけた。

天野たち捕方は、鎧ノ渡しの桟橋から舟に分乗し、大川を横切って、熊井町の桟橋に向かうことになっていた。永代橋を渡って行くより早いし、人目を気にせず熊井町へ行くことができるのだ。

桟橋に猪牙舟が四艘手配してあった。天野隊と横山隊で二艘ずつ使うのである。

栈橋に下り立つと、

「乗り込め！」

天野が声をかけ、捕方たちが次々に乗り込んだ。

隼人たちは松林に近い茅屋の陰にいた。そばに、利助と綾次、それに岡造《おかぞう》と泉太《せんた》という岡っ引きと下っ引きがいた。ふたりは天野に指示されて、松林のなかの隠れ家を見張っていたのである。

「曽根八と磯五郎はいるな」

隼人は念を押すように、岡造に訊いた。

岡造は三十がらみ、眉が濃く、頤《おとがい》の張ったいかつい顔をしていた。

「おりやす。ふたりの他に、子分が四、五人いるようですぜ」

岡造によると、昨夕、利助から張り込みを引き継いだ後、四ツ（午後十時）ごろまで見張り、いったん家へ帰った後、今朝陽が昇ってからふたたびこの場に来て見張っているという。その間、二度ほど曽根八たちが子分を連れて出てきたが、めしでも食いに出たらしく、ほどなく屋敷内にもどったそうである。

「そろそろ来るころだな」

陽は松林の先に沈みかけていた。小半刻（三十分）もすれば、暮れ六ツ（午後六時）だろうか。隼人は、天野と暮れ六ツの鐘の音を聞いてから、隠れ家に踏み込むことにしてあったのだ。

「旦那、来やした」

岡造が通りの先を指差して言った。

見ると、天野を先頭に二十数人の男たちが、こちらに歩いてくる。捕方たちである。横山の姿もあった。

天野たちは松林に差しかかると、ふたり、三人と別れ、灌木や笹藪の陰などに身を隠した。茅屋の陰に、これだけの人数が身を隠すことはできなかったのだ。

隼人は茅屋の陰から出ると、天野と横山のいる灌木の陰に近付いた。利助と岡造たちも、ついてきた。

「どうです、なかの様子は」

天野が隼人に訊いた。横山は、いくぶん顔をこわばらせて隼人に目をむけている。

「ふたりともいるようだ」

隼人は、屋敷内に曽根八と磯五郎、それに子分が四、五人いることを話した。

「武士はいないのだな」

横山が脇から訊いた。三人の武士に襲われたことがあるだけに、武士がいるかどうか気になっていたのだろう。

「ここには、いない」

隼人が言うと、横山の顔に安堵したような表情が浮いた。

「それで、長月さんは、ここの様子を見てから亀蔵たちの隠れ家へ向かいますか」

天野が訊いた。

「そのつもりだ」

隼人は天野と相談したとき、熊井町の隠れ家には、隼人、天野、横山の三人で踏み込み、様子を見てから、隼人だけ何人かの捕方を連れて亀蔵たちの隠れ家に向かうことにしたのだ。それというのも、明日になると、亀蔵たちは曽根八たちが町方に捕縛されたことを知り、姿を消すかもしれないので今夜中に始末をつけたかったのだ。それに、亀蔵たちの隠れ家には、亀蔵、石神、お富の三人、それに子分がいてもひとりかふたりなので、大勢の捕方が向かう必要はなかったのである。

2

松林のなかは、淡い暮色につつまれていた。潮風があり、松葉がサワサワと揺れている。男たちが、樹陰をたどるようにして生け垣をまわした屋敷へ迫っていく。隼人や天野たちが、暮れ六ツ（午後六時）の鐘を合図に動きだしたのである。

柴垣の陰に利助と岡造が張り付いていた。先に松林に入り、屋敷の様子をうかがっていたのだ。

利助は隼人たちの姿を見ると、立ち上がり、屋敷の表の方を指差した。そこに、敷地内に入る枝折り戸がある。

隼人たちは、いったん柴垣の陰に身を寄せ、柴垣をたどるようにして枝折り戸のところまで進んだ。

隼人が枝折り戸を押すと、簡単にあいた。天野、横山がつづき、さらに捕方たちが踏み込んできた。捕方たちは、襷《たすき》で両袖を絞っている者が多かった。すでに十手や六尺棒を手にして身構えている。いずれも顔をこわばらせ、獲物に迫る野犬のような目をしていた。

屋敷のなかは、静かだった。ただ、かすかに障子をあけしめする音や廊下を歩く音などが聞こえてきた。男たちは家のなかにいるようである。

敷地内に入ったところで、岡造が、

「横山の旦那、裏手は向こうで」

そう言って、先に立った。横山をはじめとする捕方八人が、岡造の後につづいた。横山隊が裏手をかためることになっていたのだ。

「おれたちは、表からだ」

天野が小声で言った。

隼人と天野が先頭にたち、捕方の主力が正面の玄関から屋敷のなかに踏み込む手筈になっていたのだ。

利助が玄関の引き戸に手をかけて引いた。すぐに、あいた。心張り棒はかってなかったらしい。

隼人は兼定を抜き、峰に返した。峰打ちで仕留めるつもりだった。天野は十手を手にしている。

隼人と天野が踏み込み、捕方たちがつづいた。なかは薄暗かった。淡い闇のなかで、捕方たちの目が青白く底びかりしている。

土間の先に狭い板敷きの間があり、その先に障子がたててあった。左手には奥へつづく廊下がある。屋敷のなかは静かだった。物音や話し声はまったくしなかった。曽根八たちは表から踏み込んでくる気配を感じ、聞き耳を立てて戸口の様子をうかがっているのかもしれない。

「踏み込め！」

天野が声を上げて、十手を振った。

御用！

御用！

と、捕方たちがいっせいに声を上げ、ばらばらと板敷きの間に踏み込んだ。捕方たちの声とともに、ドカドカと床板を踏み鳴らす音が屋敷中にひびいた。

すると、奥の部屋で、町方だ！　踏み込んできやがった！　などという男の叫び声が聞こえ、障子を開け放つ音、床板を踏む音、家具の倒れるような音がひびき、屋敷内は騒然となった。

隼人は、正面の障子に走った。天野は数人の捕方をしたがえ、廊下から奥へむかった。そのとき、屋敷の裏手から、御用！　御用！　という声が聞こえた。横山隊が裏手から踏み込んだらしい。

隼人は正面の障子をあけはなった。人影はなかった。畳敷きの部屋である。座敷の先の障子の向こうで、男たちの怒号や畳を踏む音が聞こえた。奥の座敷に何人かいるらしい。

隼人はさらに奥の障子にむかった。利助、綾次、庄助の三人がつづく。

ガラリ、と障子をあけはなった。

でっぷり太った赤ら顔の男と遊び人ふうの男がふたりいた。曽根八と子分らしい。子分のふたりは、匕首を手にしていた。曽根八は長脇差を持っていたが、まだ抜いていない。

「き、来やがった！」

子分のひとりが叫んだ。

「殺《や》っちまえ！」

曽根八が、叫びざま長脇差を抜いた。顔が赭黒く怒張し、興奮と怒りで体が顫えている。

隼人が曽根八に向かって踏み込むと、子分のひとりが、やろう！　と一声叫び、匕首を前に突き出して、体ごとつっ込んできた。

一瞬、隼人は脇へ跳びざま、刀身を横に払った。その一撃が、踏み込んできた男の腹を強打した。

皮肉を打つにぶい音がし、つっ込んできた子分の上体が前にかしいだ。グワッ、という呻き声を上げ、子分は匕首を前につき出したまま前に泳いだ。

バリッ、という音とともに、障子が桟ごと破れた。子分の匕首を握った腕が、障子を突き破ったのだ。さらに、バシャ、という音とともに、障子が前に倒れた。勢い余った子分が体ごと障子に突き当たり、障子とともに座敷に倒れ込んだのだ。

「じたばたするんじゃねえ!」

飛び込むような勢いで、子分のそばに走り寄った利助が、倒れた子分の首をつかんで押さえ込んだ。

隼人は廊下に逃げようとした曽根八に迫った。

「ち、ちくしょう!」

曽根八が甲走った声で叫び、手にした長脇差を逆上したように振りまわした。

隼人は曽根八の脇に踏み込むや否や、刀身を撥《は》ね上げた。一瞬の太刀捌きである。

キーン、という甲高い金属音がひびき、曽根八の長脇差が虚空に飛んで、畳の隅に転がった。隼人の一撃が、曽根八の長脇差をはじき上げたのである。

すかさず、隼人は踏み込んで二の太刀を袈裟にふるった。

骨肉を打つにぶい音がした。隼人の峰に返した刀身が、逃げようとして背をむけた曽根八の肩を強打したのだ。

ギャッ! という叫び声を上げ、曽根八が身をのけ反らせた。右腕が、だらりと垂れている。腕の付け根の骨を砕いたのかもしれない。

「押さえろ！」

　隼人が声を上げた。

　すぐに、脇にいた庄助が曽根八の背に飛び付き、綾次が腹のあたりにしがみついた。すると、曽根八が前につんのめった。踏み込んだ綾次の足が、逃げようとした曽根八の足にひっかかったらしい。畳に腹這いになった曽根八の上に庄助と綾次が、のしかかって押さえつけた。

　もうひとりの子分は悲鳴を上げて、廊下に飛び出した。だが、廊下には天野にしたがっていた捕方たちがいた。

　六尺棒を持った捕方のひとりが、子分の持っていた匕首をたたき落とし、ふたりの捕方が子分を引き倒して押さえ込んだ。

　隼人は廊下に飛び出した。

　さらに奥の座敷から、怒号や悲鳴、障子の破れる音、家具の倒れる音などが聞こえた。その座敷の廊下には、裏から踏み込んだ横山隊の捕方たちもいた。

　隼人が廊下から座敷を覗くと、子分らしい男がひとり、匕首をふりかざして部屋の隅につっ立っていた。必死の形相で、捕方に抵抗している。子分の元結《もとゆい》が切れて、ざんばら髪だった。顔には血の色もあった。六尺棒で殴られ、肌が破れたらしい。その子分を取りかこむように捕方たちが、十手や六尺棒をむけている。

磯五郎と子分のふたりが、隣の座敷にいた。三人は捕方たちにかこまれ、すでに磯五郎は後ろ手に早縄をかけられていた。子分のふたりも、捕方に押さえ付けられている。

「捕れ！」

天野が叫ぶと、六尺棒を手にした捕方が、匕首を手にして立っている子分に殴りかかった。

ギャッ！と子分が叫び、後ろへよろめいた。捕方のふるった六尺棒が子分の側頭部に当たったのだ。

よろめいた子分は壁に背を当てて足をとめたが、すぐに両脇から捕方が飛び込み、ひとりが十手で子分の手にしていた匕首をたたきおとし、もうひとりが肩先をつかみ、足をかけて引き倒した。

三人の捕方が畳に腹這いになった子分を押さえつけて、すばやく両腕を後ろに取った。

……始末がついたようだ。

と、隼人は胸の内でつぶやき、天野に歩を寄せた。あとは、天野と横山にまかせればいいのである。

「天野、おれは亀蔵の塒へいくぞ」

隼人がそう言うと、

「長月さん、ここの始末がついたら、わたしも駆けつけますよ」

天野が言った。捕らえた曽根八たちを大番屋に連行するだけなら、横山と捕方たちにまかせてもいいと思ったらしい。

「おまえにまかせる」

そう言い置いて、隼人は足早に戸口にむかった。慌てた様子で、利助、綾次、庄助の三人が跟《つ》いてきた。

3

高い板塀の陰に、いくつかの黒い人影があった。

隼人たちは、足音を忍ばせて人影に近付いた。そこにいたのは、繁吉と八吉、それに房助である。

屋敷は淡い夜陰につつまれていた。かすかに灯が洩れている。庭に面した座敷に、明りがあるらしい。

まず、隼人は繁吉に、

「どうだ、なかの様子は」

と、訊いた。亀蔵と石神がいるかどうか気になっていたのである。

「亀蔵と石神は、なかにいやす」

繁吉によると、ふたりの他にお富と子分らしい老齢の男がひとりいるという。

「よし、おれが石神を斬る」

隼人はそう言うと、八吉の脇にいる房助に目をやり、

「なかにいるのは、おとっつァんを殺した親分と牢人だ。おめえのその目で、ふたりがどうなるか、しっかり見てろよ。……おめえがおれの言いつけどおり、おとなしくしてたんで、ふたりの居所がつきとめられたんだ。おめえが、おとっつァんの敵を討ったのと同じだぜ」

しずかな口調で、そう言った。

房助は、丸い目で隼人を見上げたままうなずいた。顔がこわばり、かすかに身を顫わせていたが、怯えたような表情はなかった。隼人にむけられた目には、燃えるようなひかりが宿っている。

「行くぞ」

隼人は足音を忍ばせて切戸の方へむかった。

繁吉、利助、綾次、庄助の四人がつづき、その後ろから房助を連れた八吉がついてきた。

隼人たちは切戸から侵入し、母屋の脇を通って表にまわった。庭に面した座敷の障子が明らんでいた。行灯の灯のようだ。その座敷から、男と女の声が聞こえた。くぐもった声だが、聞き覚えのある声である。亀蔵とお富が、何か話しているらしい。静かな声だった。酔っているようなひびきはない。今夜は、酒を飲んでいないようだ。

隼人はゆっくりとした歩調で縁先に近付いた。繁吉と利助が隼人につづき、綾次と庄助が裏手にまわった。念のために裏口をかためるのである。

八吉と房助は、樹陰に残っていた。八吉は懐に鉤縄を忍ばせてきていた。闘いの様子を見て、隼人に加勢するつもりだったのである。

庭には小砂利が敷いてあった。隼人は足音をたてないように歩いたが、砂利を踏む足音がひびいた。

ふいに、座敷の話し声がやんだ。なかにいる亀蔵たちが、隼人の足音を耳にしたのであろう。座敷で、おまえさん、だれか、庭にいるよ、と昂った女の声がした。すると、人の立ち上がる気配がし、

「庭にいるのは、だれです！」

と、男のなじるような声がした。聞き覚えのある亀蔵の声である。

隼人は足をとめずに、ゆっくりと縁先に近付いた。

繁吉と利助も足をとめなかった。すこし前屈みの格好で、十手を手にして縁先に近付いていく。ふたりの目が夜陰のなかで、底びかりしていた。ふたりとも若いが、顔付きには凄みがあった。腕利きの岡っ引きらしい顔付きである。

ガラリ、と障子があいた。行灯に浮かび上がったのは、初老の男だった。唐桟の羽織に縞柄の小袖姿だった。ひどく痩せて、肉をそいだように頬がこけていた。面長で鷲鼻《わしばな》、すこし背がまがっている。

「だ、だれです」

亀蔵が震えを帯びた声で誰何した。ただ、隼人の背後にいる繁吉と利助の姿を見て、町方と気付いたらしく、驚怖《きようふ》に顔をゆがめた。

「長月隼人だ。八丁堀の鬼と言えば、分かるかな」

隼人が縁先で足をとめた。

「て、てまえは、お上の世話になるようなことは、なにもしてませんよ」

「亀蔵、遅いよ。すでに、曽根八と磯五郎も、お縄にしてるんだぜ。ここに、おめえと石神が身を隠していたのは先刻承知のうえよ」

　隼人がゆっくりした動作で刀を抜いた。

　すると、亀蔵が、

「石神の旦那、来てくれ。長月だ！」

　と、後ろをむいて叫んだ。

　すると、亀蔵の背後で障子をあける音がし、石神が姿を見せた。左手に大刀をひっ提げている。

「来たな、長月」

　石神の薄い唇の端に薄笑いが浮いていた。だが、隼人を見すえた双眸は、笑っていなかった。夜禽《やきん》のように闇のなかで青白くひかっている。

「石神、勝負！」

　隼人が声を上げて、後じさった。石神との闘いの場をあけたのである。

「よかろう」

　石神が、ゆっくりとした足運びで縁側に出てきた。そして、刀を抜くと、縁先から庭に飛び下りた。

　これを見た亀蔵が、その場から逃げようとして反転した。

「逃がすか！」

叫びざま、繁吉が石神を避けてまわり込み、縁側に飛び上がった。遅れじと、利助が後につづいた。

座敷にいたお富が、

「おまえさん！　助けて」

と、声を上げ、亀蔵に手を伸ばして亀蔵の袂《たもと》をつかんだ。

「勝手にしろ！」

亀蔵はお富の手を振り払って廊下へ逃げたが、腰がふらつき、足がもつれた。

ヒイイッ、とお富は、喉を裂くような悲鳴を上げ、這って廊下へ逃げた。着物の裾が乱れ、太腿《ふともも》まであらわになっていたが、お富は必死に亀蔵の後を追った。

「待て！」

繁吉と利助も、座敷から廊下に飛び出した。

後を追う繁吉と利助の動きは敏捷だった。足も速い。若いふたりと老齢の亀蔵との体力のちがいであろう。

廊下は暗かったが、座敷から洩れる灯が亀蔵とお富の姿を浮かび上がらせている。

繁吉たちは、お富にかまわず、脇をすり抜けて亀蔵に迫った。

4

隼人と石神は、庭のなかほどで対峙していた。辺りは夜陰につつまれていたが、まだ西の空にかすかな残照があり、座敷の明りが庭にもとどいていたので闘いに支障はない。それに、足場もよかった。小砂利が敷いてあって、足をとられるような物はなかった。

ふたりの間合は、およそ四間。遠間《とおま》である。

隼人は八相に構えた。肘を高くとり、刀身を垂直に立てた大きな構えである。直心影流独特の八相の構えである。

対する石神は上段に構えていた。刀身をやや寝せた低い上段で、左の拳が額の前にきている。兜割りの剛剣を生む構えである。首が太く、胸が厚い。腰もどっしりとしている。その筋肉でおおわれた体軀とあいまって、石神の上段の構えには、巨岩のような迫力があった。

……石神の兜割りの剛剣は、まともに受けられぬ。

と、隼人はみていた。

斬撃をまともに受けると、剛剣に押されてそのまま斬られるか、なんとか受けたとしても、体勢をくずされて二の太刀をあびるかである。

……受け流すしかない。

隼人は、斬撃を受け流すことで、剛剣の威力を弱めようと思った。

「いくぞ!」

隼人は足裏を摺るようにして、間合をつめ始めた。

ザリッ、ザリッ、と砂利を踏む音が夜の静寂のなかにひびき、隼人と高い八相に構えた刀身が夜陰のなかをすべるように迫っていく。

対する石神は上段に構えたまま微動だにしなかった。底びかりのする目で、隼人の動きを見すえている。

間合がせばまるにつれて、隼人の全身に気勢が満ち、斬撃の気がみなぎってきた。石神の構えにも気魄《きはく》がこもり、ふたりの間の緊張がしだいに高まってくる。

ふたりは時のとまったような静寂のなかで、すべての感覚で敵の動きと斬撃の気配をとらえようとしていた。

ふいに、隼人の寄り身がとまった。斬撃の間境の一歩手前である。ここから先は、敵の気を乱すか、構えをくずしてからでないと踏み込めない。

隼人は全身に激しい気勢を込め、斬撃の気配を見せて敵をゆさぶった。

だが、石神は微動だにしなかった。時とともに、ふたりの間の緊張がさらに高まり、斬撃の気配が満ちてきた。

と、そのとき、隼人の足元で、チリッ、というかすかな音が聞こえた。隼人の爪先が小石を踏んだのである。

そのわずかな音が、ふたりの間の緊張を切り裂いた。

次の瞬間、ふたりの全身に斬撃の気がはしった。

イヤアッ！

タアッ！

ふたりの気合が静寂を劈《つんざ》き、ふたりの体が躍動した。

石神の刀身が上段から真っ向へ。閃光が闇のなかに稲妻のようにはしった。

間髪をいれず、隼人の刀身が袈裟へ。わずかに体をひねりながら、払い落とすように振り下ろされた。

真っ向と袈裟。二筋の閃光が眼前で合致した瞬間、シャッ、という刀身の擦れる音がひびき、青火が散って、ふたりの刀身が流れた。

隼人の刀身が石神の強い斬撃を受け流したのだ。次の瞬間、ふたりは背後に跳びながら二の太刀をふるった。

隼人は切っ先を突き込むように籠手へ。石神は袈裟にはらった。ふたりの二の太刀は、ほぼ同時だった。

石神の右手の甲が裂け、血が浮いた。一方、隼人の着物の左の肩先が裂け、肌にかすかに血の色があった。それぞれの切っ先が、敵を浅くとらえたのである。

「互角か」

石神がつぶやくような声で言った。

「そうかな」

隼人は互角とは、思わなかった。お互いの二の太刀は互角だったが、隼人は石神の兜割りの太刀を破ったのである。

……次は、二の太刀で斬れる。

と、隼人は踏んだのだ。

隼人と石神は、ふたたび八相と上段に構えあった。石神の顔に焦りの色があった。石神自身、おのれの兜割りの太刀が破れたことを察知していたのである。

隼人と石神の間合は、およそ三間半。

いきなり、石神が間合をつめ始めた。一気に、兜割りの太刀を仕掛け、勝負を決しようとしたのだ。

ズズッ、と石神が爪先で小砂利を分けて迫ってくる。隼人も、趾《あし》を這うようにさせて間合をつめ始めた。

ふたりの間合がせばまり、斬撃の気配が一気に高まった。

ふたりは、ほぼ同時に一足一刀の間境に踏み込んだ。刹那、ふたりの全身に斬撃の気がはしった。ふたりは裂帛の気合を発し、体《たい》を躍動させた。

石神が上段から真っ向へ。闇を切り裂き稲妻のような閃光がはしった。

間髪を入れず、隼人が八相から袈裟に。

シャッ、という刀身の擦れる音がし、石神の刀身が流れた。隼人が、石神の兜割りの太刀を受け流したのである。

次の瞬間、隼人は振り上げた刀身を真っ向へ斬り下ろした。流れるような体捌きからの連続技である。

隼人の切っ先が、二の太刀をふるおうとして刀を振り上げた石神の眉間《みけん》をとらえた。にぶい骨音がし、石神の眉間に血の線がはしった。次の瞬間、血と脳漿《のうしょう》が飛び、額が柘榴《ざくろ》のように割れた。

石神は両眼を瞠《みは》り、硬直したようにつっ立った。

ゆらっ、と体が揺れ、石神は血を撒きながら、腰から沈むように転倒した。

地面に伏臥した石神は動かなかった。四肢が痙攣しているだけである。呻き声も息の音も聞こえなかった。息絶えたようである。

石神の額から噴出した血が、地面を打っている。その音が、闇のなかで物悲しく聞こえた。

隼人は横たわった石神の脇に立ち、血振《ちぶ》り（刀身を振って血を切る）をくれると、納刀し、上がり框から縁側に飛び上がった。亀蔵がどうなったか、気になったのである。

隼人は座敷を横切り、廊下へ走り出た。

薄暗い廊下に、繁吉たちが立っていた。裏手にまわった綾次たちの姿もあった。

繁吉たちの前に、亀蔵がうずくまっていた。すでに、後ろ手に縄をかけられている。繁吉たちと裏手にまわった綾次たちが、廊下に逃げた亀蔵を挟み撃ちにして捕らえたようである。

「よくやった」

隼人が繁吉や利助たちに視線をまわして言った。

「こんな爺さん、どうということたァねえ」

綾次が胸を張って言った。

「うむ……」

　隼人は、亀蔵の顔に目をむけた。

　老いていた。皺の多い顔が、恐怖と不安にゆがんでいる。般若の亀蔵と呼ばれ、深川の闇世界で恐れられたような貫禄や凄みはなかった。

……己の老いを隠すために、姿を見せなかったのかもしれぬ。

　と、隼人は思った。

　そのとき、亀蔵が顔を上げ、

「み、見逃してくれ。金なら、いくらでも出す」

　と、声を震わせて言った。隼人を見つめた目に、哀願するような色がある。

「亀蔵、人の命は金じゃァ買えねえぜ」

　隼人の胸の内に、死んでいった岡っ引きや与助の無残な死顔がよぎった。亀蔵を赦《ゆる》すことはできない、と思った。手をかけたのは石神たち三人だが、背後で指図していたのは亀蔵である。

「引っ立てろ!」

　隼人が声を上げた。

庭に出ると、天野の姿があった。捕方を五人連れていた。隼人たちの加勢にかけつけたようだ。

隼人は天野に、石神を斬り、亀蔵を捕らえたことを話した後、

「まだ、屋敷内に子分が身を隠しているかもしれねえ。それに、屋敷内にお富がいる。縄をかけてくれ」

そう、言い添えた。

「承知」

すぐに、天野は捕方たちを連れて屋敷内に踏み込んだ。

隼人は庭の隅にいる八吉と房助のそばに近付いた。八吉の顔に安堵の色があった。隼人が、石神を斃したのを見ていたようだ。

房助は身を硬くし、目を見開いていた。その丸い目が、夜陰のなかで隼人を食い入るように見つめている。

「房助、おとっつァんの敵を討ったぞ」

「……………！」

房助は唇を強く結び、隼人を見つめたままうなずいた。泣き出すのを堪《こら》えているようである。

5

雀が二羽、庭で餌をついばんでいた。蓬《よもぎ》、大葉子《おおばこ》、杉菜《すぎな》などの雑草の間を、チュン、チュン、と啼《な》きながら跳びまわっている。

障子の間から、心地好い微風《そよかぜ》が流れ込んでいた。隼人と天野は、長月家の居間の縁先近くにいた。四ツ（午前十時）過ぎである。隼人は出仕せず、久し振りに豆菊へ出かけてみようかと思っていたところへ、天野が巡視の途中立ち寄ったのである。

おたえが出してくれた茶で喉をうるおした後、

「やっと、亀蔵たちが吐きましたよ。冨岡屋の米次郎がしゃべったので、亀蔵たちもごまかせなくなったようです」

と、天野が切り出した。

天野は亀蔵や米次郎の吟味の様子を話しに立ち寄ったようだ。

亀蔵や曽根八を捕らえた翌日、天野は十人ほどの捕方をしたがえて冨岡屋へ出張り、再び米次郎も捕らえたのだ。

亀蔵たちを捕縛して七日過ぎていた。この間、吟味方与力が、亀蔵や曽根八をはじめ、子分たちの吟味にあたっていた。子分のなかには、七兵衛もいた。七兵衛は亀蔵が身を隠していた屋敷で、天野に捕らえられたのである。

当初、亀蔵や曽根八は吟味方与力が、何を訊いても知らぬ存ぜぬで押し通していたという。ところが、米次郎が亀蔵や曽根八のことをしゃべり、そのことを突き付けられると、亀蔵たちもごまかしきれなくなって口を割ったという。

「やはり、亀蔵が裏で仕切っていたようですよ」

そう言って、天野が膝脇に置いてあった湯飲みに手を伸ばした。

「陰であやつっていたのだな」

「曽根八や磯五郎も、亀蔵には逆らえなかったようです」

そう言って、天野は湯飲みをかたむけた。

「ところで、なぜ、亀蔵は町方を目の敵にして命を狙ったのだ」

町方の探索を阻止するためとはいえ、すこし度が過ぎる、と隼人は思っていた。

「弁天の惣右衛門のせいらしいですよ。惣右衛門が町方に追いつめられて焼け死んだことから、惣右衛門の右腕だった亀蔵は町方の探索を恐れ、己は表に出ずに腕の立つ石神たち三人に金を渡して執拗に命を狙ったようです」

天野が湯飲みを手にしたまま言った。

「弁天の惣右衛門か……」

どうやら、亀蔵は惣右衛門の二の舞いになるのを恐れたらしい。

ふと、隼人は焼死したという惣右衛門のことが頭をよぎった。焼死体が身につけていた羽織が、ふだん惣右衛門が着ていた羽織だったので惣右衛門の死体とみなされたが、確かな証《あかし》はなかったのである。

隼人は、惣右衛門はどこかで生きているかもしれない、と思ったが、すぐにその思いを打ち消した。すこし、考え過ぎである。惣右衛門が死んだからこそ、右腕だった亀蔵が深川で勢力をのばしたのだ。惣右衛門が生きていれば、亀蔵がこれほど力をつけることはなかっただろう。

「石神たち三人だが、どこで亀蔵と結びついたのだ」

隼人が声をあらためて訊いた。

「賭場と冨岡屋のようです」

石神は、亀蔵の賭場で用心棒をしていたという。ときおり、石神は亀蔵や磯五郎とともに冨岡屋へ出かけた。一方、深沢と豊川も冨岡屋で酒を飲むことがあり、そこで顔を合わせたらしい。腕の立つ武士を捜していた亀蔵は、米次郎を通して深沢と豊川に近付き、金で人殺しを依頼したという。

「三人とも腕は立ったが、身を持ちくずしてたようです」

天野が言い添えた。

「剣で身を立てるのはむずかしいからな」

いかに剣の腕が立っても、仕官するのは難しいご時世である。町道場をひらくにしても、それなりの資金と後ろ盾がなければ無理である。

「亀蔵や曽根八は、断罪に処せられるでしょうね」

天野が小声で言った。

「仕方あるまい。大勢殺しているのだ」

直接事件にかかわらなかった子分やお富はともかく、亀蔵、曽根八、磯五郎などは、斬首のうえ獄門ということになるだろう。

「いずれにしろ、これで始末がついたな」

深川も静かになるだろう、と隼人は思った。

「ところで、長月さん、これから奉行所へ」

天野が湯飲みを膝の脇に置いて訊いた。

「いや、野暮用があってな」

用などなかった。久し振りに、豆菊に繁吉も呼んでいっしょに一杯やろうと思ったのだ。隼人自身、ゆっくり飲みたい気もあったが、繁吉や利助に対する慰労の気持ちもあったのである。なかでも、今度の事件では、繁吉と利助の働きが大きかったとみていた。ふたりがいなかったら、曽根八や亀蔵の隠れ家もつきとめられなかったかもしれない。

「いっしょに、出ますか」

天野が腰を浮かした。

「そうだな」

隼人が立ち上がったとき、廊下を歩く足音がした。おたえらしい。すぐに障子があき、おたえが顔を出した。茶道具を手にしていた。ふたりのお茶を、淹れかえるつもりで来たのかもしれない。

「あら、もう、お帰りですか」

おたえが驚いたような顔をした。

「巡視の途中ですので」

天野はおたえにちいさく頭を下げ、戸口の方へ足をむけた。

「おたえ、おれも出かけてくる」

隼人も、天野につづいて居間を出た。

「旦那さまも、巡視ですか」

おたえが、隼人の後に跟《つ》いてきながら小声で訊いた。

「まァ、そうだ」

「今日も、遅いんですか。ちかごろ、やっと早くもどられるようになったのに」

おたえが、天野に気付かれないように隼人に身を寄せてささやいた。すねたような顔をしている。

隼人は足をとめ、天野の背がすこし離れてから、

「今日は早く帰ってくる」

と、おたえの耳元でささやき、スルリとおたえの尻を撫ぜた。

「まァ……」

おたえが、首筋まで赤くしてつっ立った。

そのとき、天野が框から土間に下りる音がした。

天野が、振り返って隼人に目をむけた。いっしょに出た隼人との間があいているのに気付いて、

「どうかしましたか」

と、天野が訊いた。

「い、いや、刀を忘れてな。すぐに、行く」

隼人は、おたえに、刀を持ってきてくれ、と小声で言った。

「は、はい」

おたえが慌てた様子で、隼人の兼定を取りにもどった。隼人は涼しい顔をして、おたえが刀を持ってくるのを待っている。

本書は、ハルキ文庫（時代小説文庫）の書き下ろしです。

時代小説文庫
と 4-22

闇《やみ》の閃《せん》光《こう》 八丁堀《はっちょうぼり》剣《けん》客《かく》同《どう》心《しん》

著者 鳥《と》羽《ば》 亮《りょう》

2011年11月18日第一刷発行

発行者 角川春樹

発行所 株式会社 角川春樹事務所
〒102-0074 東京都千代田区九段南2-1-30 イタリア文化会館

電話 03(3263)5247[編集] 03(3263)5881[営業]

印刷・製本 中央精版印刷株式会社

フォーマット・デザイン＆シンボルマーク 芦澤泰偉

ISBN978-4-7584-3613-7 C0193
http://www.kadokawaharuki.co.jp/[営業]
fanmail@kadokawaharuki.co.jp[編集] ご意見・ご感想をお寄せください。